Collection « Littératures »

MEHDI CHAREF, Rue des Pâquerettes ;

Vivants

COLLECTIF, Braquer une banque avec un

pistolet à eau

DALI MISHA TOURÉ, Cicatrices

TASSADIT IMACHE, Fini d'écrire !

COLLECTIF PIMENT, Le Dérangeur

LA DERNIÈRE AMAZONE

Convaincu·es que l'écriture inclusive pose des questions essentielles mais n'y apporte pas encore de réponses pleinement satisfaisantes, nous avons choisi pour chaque livre publié, en accord avec son auteur·rice et selon l'avancée des débats en cours, des solutions adaptées au sujet abordé et au public visé.

Conception graphique et couverture

r2 | Katja van Ravenstein

Mise en page

Ingrid Balazard

Relecture

Jérôme Balazard

Édition

Marie Hermann

Illustration de couverture : © Clémence Gouy

Photographie d'intérieur : © Nina Almberg

Carte pages 29-30 : DR

19, rue du Musée 13001 Marseille

www.horsdatteinte.org

2e impression

ISBN : 978-2-490579-71-6

ISSN : 2677-8017

LA DERNIÈRE AMAZONE

Nina Almberg

Tous les termes étrangers non courants et composés en italique sont expliqués dans un glossaire en fin d'ouvrage.

La Dernière Amazone *est dédié à Félix,*
qui grandissait dans mon utérus pendant que
ce livre prenait forme, à Françoise,
qui n'a jamais osé se lancer dans l'écriture et à
toutes les femmes et les hommes d'Amazonie
qui ont inspiré cette histoire.

La première trace écrite évoquant une tribu de femmes vivant sans hommes dans la grande forêt du nord du Brésil remonte au XVIe siècle. La Relation de la première descente de l'Amazone, *de Gaspar de Carvajal, un missionnaire dominicain, rapporte les faits suivants : 300 Espagnols, presque autant de chevaux, des chiens dressés à la chasse à l'homme et 4 000 Indiens esclaves portant armes et provisions et poussant près de 2 000 porcs, traversent alors les Andes à la recherche d'arbres à cannelle avec à leur tête Gonzalo Pizarro, frère du Francisco qui a défait l'empire inca quelques années auparavant. On les voit et on les entend arriver de loin : il ne s'agit pas exactement d'un rassemblement discret et mobile.*

Sitôt franchie la première chaîne de la cordillère, les soldats affrontent les flèches des Indiens Quijos de la vallée de Papallacta. Ils ne tiennent pas compte de cette mise en garde et voient les difficultés s'amonceler. Aux hauts cols enneigés succèdent les profondes vallées humides ; aux tremblements de terre, les pluies diluviennes ponctuées d'orages et de coulées de boue. Monter, redescendre, remonter, redescendre, faire face au froid, au chaud et à la mort. Certains trébuchent, s'affaissent au bord de la sente et agonisent pendant que la longue colonne continue de serpenter à côté d'eux : ceux qui s'en sortent esquissent un signe de croix puis détournent le regard. Ne rien imaginer d'autre que la cannelle qui se trouve juste derrière les montagnes. Le soir, manger et s'endormir le plus vite possible à même le sol, la main sur son épée.

Un dernier col, une dernière descente, et voilà la troupe face à une forêt dense, qui s'étend à perte de vue. Impossible de la traverser sinon en y découpant patiemment un passage à la machette. Les chevaux ne sont plus d'aucune utilité ; les porcs sont morts.

L'espoir renaît lorsqu'un matin, un hidalgo *famélique, rongé par la fièvre jaune, se dresse sur ses coudes dans un dernier effort pour annoncer qu'il a entendu dans la nuit, au loin, des voix inconnues parler en espagnol – avant de se laisser retomber sur sa couche, épuisé. D'autres hommes perçoivent à leur tour des cliquetis d'armures et des voix, des ombres humaines qui se meuvent avec difficulté dans l'entrelacs végétal puis sortent des feuillages. Voici le capitaine Francisco de Orellana, né à Trujillo en Estrémadure au début du XVIe siècle, refondateur en 1537 de la ville de Santiago de Guayaquil, qu'il gouverna par la suite. En 1965, la poste espagnole commercialisera un timbre à l'effigie de celui qui a fait connaître aux Européens les amazones du Nouveau Monde, où il apparaît le regard vif, le nez droit, la barbe et la moustache impeccablement taillées, le casque et l'armure étincelants.*

Alléché par l'or et la cannelle, il était parti avec vingt-trois hommes dans l'intention de rejoindre l'armée de Pizarro ; il ne la retrouve que maintenant, presque par hasard. Francisco de Orellana livre le récit de son périple à Pizarro : à l'entendre, on croirait qu'il n'a fait qu'une promenade de santé. Aucun de ses hommes n'est mort, tous ont combattu vaillamment et sans difficulté les Indiens qu'ils ont croisés sur leur route, ils ont cheminé rapidement et sans peur. En songeant à son armée d'éclopés rongée par les fièvres tropicales, le paludisme et la dysenterie, terrassée par les moustiques, Pizarro ne peut s'empêcher d'être agacé par ce fier-à-bras : puisqu'il est si fringuant, il n'a qu'à se rendre utile. Pizarro lui ordonne de partir en éclaireur à la recherche d'arbres à cannelle. Orellana s'exécute, revient quelques jours plus tard flanqué d'un ishpingo, un arbre qui ressemble vaguement au cannelier. Pizarro est obligé de se rendre à l'évidence : l'épice précieuse n'existe pas dans le Nouveau Monde. De rage, il livre quelques-uns des Indiens qu'il a capturés à ses chiens, qui les tuent et les mangent, et en brûle d'autres sur un grand bûcher.

Reprenant péniblement leur route, les soldats se retrouvent sans rien à manger au bord d'une rivière imposante, le futur Rio Coca – ou Napo, selon les versions. Orellana se porte volontaire pour descendre le cours d'eau et partir à la recherche de nourriture. Pizarro, qui n'a pas vraiment le choix, accepte. Voilà le capitaine qui s'embarque avec cinquante-sept hommes sur un radeau mâté et quelques pirogues. Ils font des signes de croix et d'allégeance à ceux restés sur la rive, leur promettent qu'ils seront bientôt de retour – mais n'y croient guère. Orellana a saisi la première occasion pour quitter cette armée poissarde : à lui la gloire, la découverte de l'Eldorado et peut-être d'un débouché inconnu vers l'océan Atlantique, qui permettrait d'ouvrir une nouvelle route entre le Pérou et l'Espagne. Si son pressentiment est juste, il ignore qu'il va d'abord naviguer six mois sur un fleuve immense et quelques-uns de ses affluents. Il ne reverra jamais Pizarro, qui demeure dans la jungle avec le reste des soldats à se nourrir de chevaux et de chiens et à subir la violence des pluies équatoriales. Six mois plus tard, quatre-vingts hommes squelettiques rejoignent Quito nus, les cheveux blanchis et couverts de vermine, à bout de force.

Orellana a pris soin d'emmener dans sa fuite les hommes qu'il a jugés les plus valeureux ainsi que Gaspar de Carvajal, moine scribe chargé d'écrire sa légende. La première tâche de ce dernier est de couvrir la désertion d'Orellana de l'armée de Pizarro, ce dont il s'acquitte efficacement : « Nous ne trouvâmes pas de nourriture sur deux cents lieues. C'est pourquoi nous souffrîmes de grandes privations. Et nous allions ainsi, suppliant notre Seigneur qu'il trouve bon de nous guider en cette occurrence, de façon que nous puissions retourner vers nos compagnons. »

Le capitaine évolue dans l'inconnu le plus complet. Chaque jour, il traque les signes de l'océan, reflux de la marée, eau salée, oiseaux marins ; chaque jour, il doit s'avouer son impuissance. À certains endroits, le fleuve ressemble presque à une petite mer. Les animaux énormes qui peuplent l'eau blanche et douce pourraient provenir des fonds marins. Orellana apprécie particulièrement le lamantin, une créature gigantesque qu'il appelle «poisson-bœuf» et dont la chair est savoureuse. Il aime guetter l'apparition des dauphins d'eau douce, roses ou gris, qui s'approchent souvent des radeaux de fortune. Mais dès que son regard quitte les flots, il se heurte au rideau végétal qui lui rappelle que malgré les apparences, il n'est pas sur la mer.

Gaspar de Carvajal consigne ce qu'il voit, ou plutôt ce qu'il estime opportun de dévoiler à la postérité et à la Couronne si un jour, par extraordinaire, il parvient à rentrer dans son Espagne natale. Ce qu'il observe d'abord, c'est le néant : l'absence d'êtres humains et de nourriture, la végétation omniprésente qui crée une sensation de vide, les soldats contraints de manger le cuir de leurs chaussures, agrémenté de quelques herbes.

En s'élargissant, le fleuve devient limoneux. Sur ses rives, les villages sont de plus en plus rapprochés et semblent prospères. La plupart de leurs habitants sont pacifiques. Les conquistadors, peu rompus à la pêche et à la chasse, prennent l'habitude de se laisser nourrir par les Indiens, qui leur donnent des poissons, des petits oiseaux, des singes rôtis, des fruits inconnus. En guise de remerciement et parce qu'il ne voudrait pas laisser ces sauvages dans l'ignorance de la vraie foi, Gaspar de Carvajal leur parle de son Dieu bien-aimé. Inlassablement, il justifie sa conviction : « Nous adorions un seul Dieu, lequel était créateur de toutes les choses créées. Nous n'étions pas comme eux qui étaient dans l'erreur en adorant des pierres et des effigies fabriquées. »

La petite armée est ancrée dans cette routine incertaine lorsque, une après-midi de juin 1542 –sans doute le compte précis des jours fait-il partie des tâches dévolues au moine scribe, qui n'oublie pas d'honorer les saints en temps voulu–, elle accoste dans ce que Carvajal décrit comme un village de taille moyenne, doté d'une grande place sur laquelle est dressée une sorte de totem, « un gros poteau carré de dix pieds » soigneusement ouvragé. Ses gravures représentent une ville cernée d'une enceinte et des animaux sauvages que le scribe prend pour des lions, mais qui sont sans doute des jaguars. Tentant de s'informer sur sa provenance, il croit comprendre que cette ville est celle des amazones. Les villageois, qui lui ont fait allégeance, vont régulièrement porter à ses habitantes leurs tributs de plumes d'aras afin qu'elles en décorent les toits de leurs maisons. Au fil du fleuve, dans un autre village, Carvajal retrouve le même totem, symbole de subordination aux amazones. Sa curiosité est aiguisée et son désir de trouver ces femmes chaque jour plus fort.

Les amazones ! Sans totalement se l'avouer, Gaspar de Carvajal les cherche depuis le début de l'expédition. Elles font partie des légendes du Nouveau Monde, au même titre que les hommes à tête de chien, les cyclopes ou les géants. En Europe, la Renaissance a fait naître un regain d'intérêt pour la mythologie grecque et les conquistadors pensent retrouver ces créatures dans les terres nouvellement découvertes. Dès 1493, Christophe Colomb affirme dans une lettre adressée à son ami Luis de Santangel qu'il existe dans les Caraïbes une île où vivent uniquement des femmes : « Les Caraïbes ont commerce avec les femmes de Martinino, la première île que l'on rencontre en allant d'Espagne vers les Indes et dans laquelle il n'est aucun homme. Ces femmes ne s'adonnent à aucun exercice féminin mais bien à ceux de l'arc et des flèches fabriquées de roseaux, et elles s'arment et se couvrent de lames de cuivre qu'elles ont en abondance. »

À sa suite, des dizaines de conquistadors les ont cherchées du Mexique au Paraguay, en vain. Ces femmes guerrières seraient une aubaine pour Orellana et Carvajal, le détail qui pourrait faire entrer leur croisade hasardeuse dans l'Histoire.

Le 24 juin 1542, après avoir croisé comme d'habitude plusieurs villages pacifiques, la petite troupe se fait attaquer par une armée d'autochtones. Des dizaines de pirogues effilées s'approchent des radeaux espagnols et les encerclent pour les piéger. Des flèches fusent en tous sens. Impossible de battre en retraite : de nouvelles pirogues arrivent en deuxième ligne, renforçant la barrière mobile qui bloque les Espagnols.

Au cours des mois précédents, les conquistadors ont subi peu d'attaques. Orellana ne comprend pas d'où vient cette agressivité soudaine. Il commence par s'en remettre à Jean-Baptiste, le saint du jour, et implore sa clémence. Puis il se résout à persévérer dans la fuite plutôt qu'à tenter de riposter. Il aperçoit une ouverture dans le mur de pirogues légères et y dirige les rameurs désormais aguerris. Les indigènes, redoublant d'ardeur, se lancent à leur poursuite. Cinq Espagnols sont blessés par leurs flèches. Gaspar de Carvajal, touché au flanc, échappe de justesse à la mort.

Trop exposés sur leurs radeaux, les conquistadors sont contraints de continuer le combat dans l'eau et de braver leur peur des démons des profondeurs. Orellana ne comprend pas l'opiniâtreté de ses adversaires, qui accusent pourtant de nombreuses pertes. Pourquoi laissent-ils traîner la bataille ? Que leur veulent-ils ? Dans l'eau, les cadavres sont de plus en plus nombreux et le capitaine ne voudrait pas que ses soldats les rejoignent.

C'est alors que des renforts surgissent de la forêt et mettent leurs pirogues à l'eau depuis les rives blanches du fleuve. Ce sont des femmes, des guerrières, qui viennent prendre part au combat devant les yeux ébahis des Espagnols. Plus tard, Carvajal notera : « Elles sont très blanches et grandes, et elles ont une très longue chevelure, tressée et enroulée sur la tête. Elles sont membrues et vont toutes nues, leurs seules parties honteuses voilées, leurs arcs et leurs flèches en main, chacune guerroyant comme dix Indiens. » Elles sont une douzaine.

Le moine voit en elles la confirmation des signes qu'il a perçus les jours précédents dans les villages indiens des bords du fleuve : les amazones sont bien tapies dans cette forêt équatoriale qui s'étire sans fin. Il accepte la confrontation inévitable, heureux, malgré la situation critique dans laquelle il se trouve, d'être le témoin d'un tel événement.

Les femmes semblent commander les autres Indiens. Ce sont elles qu'ils attendaient, elles qui doivent mettre fin au combat. Elles les exhortent à la bravoure par des mots incompréhensibles pour Carvajal, mais criés avec conviction et majesté. Elles se mettent en première ligne, en équilibre à l'avant des pirogues, accroupies sur leurs talons, arcs bandés et regards perçants décochés aux conquistadors ahuris. La bataille redouble d'ardeur. Carvajal s'est mis à l'écart pour observer la scène : « Elles se battaient avec tant de courage que les Indiens n'osaient pas tourner le dos. Ceux qui fuyaient devant nous, elles les tuaient à coups de bâton. Ceci est la raison pour laquelle les Indiens se défendaient si bien. »

Les radeaux des Espagnols sont hérissés de leurs flèches adroites et ressemblent désormais à des porcs-épics. Ils continuent pourtant de se battre. Ce n'est pas parce qu'ils font face à des femmes qu'ils vont se montrer cléments. Les arbalétriers et les arquebusiers veulent avant tout clore la bataille. Peu à peu, le rapport de force s'inverse : les Espagnols réussissent à tuer quelques femmes, ce qui plonge leurs adversaires dans une sidération telle qu'ils en deviennent incapables de lutter. Trop heureuse devant ces ennemis soudain tétanisés, la troupe d'Orellana décide de s'enfuir avant qu'ils ne sortent de leur torpeur... Soulagés d'être encore en vie, les soldats rament aussi vite qu'ils le peuvent jusqu'à ce que, suffisamment éloignés, ils avisent une rive accueillante et y débarquent. Entre eau et forêt, ils forment une masse compacte et tremblante et tentent tant bien que mal d'installer un camp pour la nuit. Avant le repli, le capitaine a capturé l'un des combattants ennemis afin de lui extorquer des informations. Le reste de la troupe murmure à voix basse alentour, se perdant en conjectures. Les uns prétendent que demain, ils rencontreront des centaures. D'autres affirment qu'ils partiront dans la forêt pour retrouver les amazones qu'ils viennent de combattre. Tous ont le sentiment que leur destin est suspendu aux lèvres de cet Indien.

Dans la forêt, la nuit est noire et épaisse. Les flammes d'un feu dansent sur le visage du prisonnier. Le capitaine tente de déchiffrer ses paroles, qu'il interprète comme il peut, en fonction de ce qui l'arrange. En retour, il pose des questions dans un langage qu'il invente au fur et à mesure, un espagnol mâtiné de quelques mots glanés sur le fleuve, avec beaucoup de gestes. Le moine scribe est là pour broder à partir de ce récit esquissé. Les deux hommes construisent à cet instant décisif leur postérité à partir d'une histoire à peine comprise, largement fabulée, mais néanmoins retranscrite avec une grande précision.

Selon ce récit, les femmes guerrières venues à la rescousse des habitants des rives du fleuve résideraient à l'intérieur des terres, à sept journées de marche de l'endroit où elles ont attaqué Francisco de Orellana et ses hommes. Elles vivraient dispersées dans de nombreux villages dotés d'habitations robustes, munies de portes. Le prisonnier connaîtrait plus d'une soixantaine de ces villages, reliés les uns aux autres par des chemins. Elles n'habiteraient qu'entre femmes, mais fréquenteraient régulièrement d'autres peuples mixtes. Ceux-ci, dont il fait lui-même partie, seraient les vassaux de cette seigneurie féminine. Depuis les Andes, nombre d'hommes et de femmes viendraient leur rendre visite pour leur prêter allégeance. Lui-même s'y serait rendu à plusieurs reprises. Elles feraient régulièrement des enfants avec des hommes d'autres peuples auxquels elles renverraient les garçons, tout en gardant les filles. Elles seraient riches;

outre leurs maisons solides, elles possèderaient des métaux travaillés et des animaux. Leur civilisation serait raffinée et hiérarchisée. Les dames de qualité utiliseraient des assiettes d'or et d'argent, tandis que celles de la plèbe se serviraient de vaisselle de bois et d'argile.

Satisfait de son interprétation, Orellana rend sa liberté à l'Indien. Il a hâte de pouvoir annoncer à Charles Quint qu'il s'est battu contre des amazones. Comme Carvajal, il est intimement persuadé que ces femmes sont bien les guerrières des mythes grecs qui, parties d'Asie mineure, ont trouvé refuge dans le Nouveau Monde.

Le plus fou, c'est peut-être qu'Orellana réussit à aller jusqu'au bout de son entreprise insensée sans trop de dégâts. Onze de ses cinquante-sept compagnons périssent sur le fleuve infini. Arrivés dans les méandres du delta, les survivants retrouvent l'océan Atlantique. Ils construisent un bateau plus grand et plus solide que leurs radeaux et rentrent sains et saufs en Espagne. Orellana est nommé gouverneur des terres qu'il a « découvertes ». Sans perdre de temps à savourer sa gloire, il repart pour tenter d'en prendre possession avec quatre cents hommes et quatre navires. Malheureusement pour lui, il ne retrouvera jamais le bras principal du grand fleuve sur lequel il a été attaqué par les fameuses amazones, et meurt de fièvres en 1545, bloqué dans un archipel fluvial labyrinthique, aux portes de la grande forêt.

En Espagne, on baptise le gigantesque fleuve sur lequel toute la troupe navigua d'ouest en est en 1542 l'« Amazone ». La forêt environnante est, elle, nommée « Amazonie ». Comme chacun sait, cette toponymie n'a pas changé aujourd'hui. Cette forêt immense dont on parle depuis des décennies comme d'une entité en sursis, qui existe encore avant le stade final de la déforestation, a été baptisée en référence à des guerrières indigènes qui ont attaqué des hommes blancs pour défendre leurs terres.

Qui sont ces femmes ? Comment ont-elles vécu ? Que sont-elles devenues ? Est-ce qu'encore aujourd'hui, certaines d'entre elles subsisteraient quelque part au fond de la forêt, à l'abri des hommes blancs, quoi qu'en disent les racontars et les mythes grecs ?

Aujourd'hui encore, dans tout le bassin amazonien, des femmes – et quelques hommes – continuent à travers leur vie et leur voix de les faire exister.

TABULA GEOGRAPHICA PERUÆ,

SILIÆ & AMAZONUM REGIONIS.

Beatriz

Ô Icamiabas, comment raconter votre histoire ? Vous n'êtes plus et même le souvenir que nous avons de vous a été tordu par ces Espagnols dépenaillés et délirants. Dans une troupe de femmes venant à la rescousse de leurs alliés, ils ont vu des guerrières d'Asie mineure au sein coupé. Incapables d'appréhender l'altérité, ils vous ont prises pour celles qui hantaient leurs esprits et alimentaient leurs fantasmes, celles qu'ils avaient envie de trouver parce qu'elles leur apporteraient la gloire dans leur pays. Ils ont déformé votre histoire, ils l'ont capturée, vous laissant sans passé et sans avenir.

Leur rapt a infusé les siècles. Nous sommes ce rapt : il fait partie de nous, colonisant nos corps et nos imaginaires. À Belém, Manaus, Santarém, Gurupá, Óbidos, Itacoatiara, Parintins, Nhamundá, dans toutes les villes et dans tous les villages de cette grande forêt, au bord des fleuves petits et grands, nous nous nommons aujourd'hui Amazoniens et non pas fils et filles des Icamiabas. Pauvre Brésil ! Pauvre Amazonie ! Aujourd'hui, je vous pleure.

J'étais encore une petite fille lorsque je t'ai quittée, toi, ma ville natale de Belém do Pará. Je me souviens de toi comme d'une avancée audacieuse de l'homme dans une forêt débordant de toutes parts. Je vois encore les cours d'eau arborés qui serpentaient entre tes maisons et tes jardins, domaine des colibris. Je me rappelle ce matin où j'ai croisé un caïman dans notre rue. Les singes qui s'engouffraient partout. Leurs cris qui me réveillaient la nuit. Longtemps, j'ai eu mal, mais maintenant, je sais que je ne veux plus revoir tes manguiers, tes eaux et tes maisons coloniales. Il paraît que tu es désormais hérissée de hautes tours et que, comme partout sur notre planète, le bruit des voitures qui te parcourent voile le chant d'oiseaux pour qui tu n'es plus un refuge.

Belém, même si je t'aime, tu me rappelles trop mon malheur. Tu incarnes la violence originelle qui me fut infligée : le meurtre de mes parents sous la dictature, ma fuite vers le Portugal avec mes sœurs et mes oncles. En te quittant, je suis devenue une femme exilée, meurtrie, mais libre.

Je vous ai laissées, ô Icamiabas, j'ai traversé l'océan et j'ai rejoint le continent de ceux qui vous ont pris pour les Amazones. Mais je n'oublie pas d'où je viens. J'ai missionné quelqu'un d'autre. Une jeune femme est venue récolter les morceaux épars de votre histoire. Elle est moitié Icamiabas et moitié conquistador, mais elle a été à l'écoute. J'aurais aimé le faire moi-même, mais je ne peux plus, alors je lui ai demandé de vous rencontrer.

Patricia

Petite, je me suis beaucoup ennuyée. Mes sœurs étaient beaucoup plus âgées que moi et mes parents travaillaient tout le temps. Je vivais à Teresina, une ville pauvre et poussiéreuse du Nordeste, livrée à moi-même. Ma mère me laissait souvent enfermée à clé toute la journée dans notre maison. J'attendais, résignée, que quelque chose se passe enfin. Mais contrairement au destin de beaucoup d'autres petites filles, un événement a vraiment changé le mien. J'ai eu la chance d'habiter à côté de chez Carmelita, une vieille femme noire aux seins ronds et aux cheveux tressés couleur de lune. C'était une avorteuse. Elle aidait les femmes chez elle, clandestinement. C'était un secret.

Moi, j'étais amie avec sa fille, c'est pour ça que je suis entrée dans sa maison. Je ne sais pas pourquoi elle a eu confiance en moi. Quand j'ai eu treize ans, elle m'a proposé de la regarder travailler. Elle a voulu m'apprendre. J'ai essayé de faire comme elle, et j'ai appris. Je suis devenue féministe, ce qui voulait dire pour moi à l'époque qu'on se réunissait entre femmes pour prendre nous-mêmes soin de notre corps et le protéger des blessures infligées par les hommes. C'était dangereux, ce qu'on faisait. Archaïque, aussi. Les bougies de plus en plus grosses qu'on enfonçait doucement dans le vagin des femmes pour ouvrir leur col de l'utérus, l'aspiration de l'embryon avec une vieille pompe à vélo inversée... Oui, moi, à quinze ans, j'ai fait des choses comme ça. Ça m'avait pris sans que je sache très bien pourquoi. J'ai continué parce que je me suis rendu compte que j'aidais vraiment des femmes. Ça a été mon combat.

Je savais qu'un jour, il faudrait que je m'en aille. On finirait par m'arrêter. Je pensais aller plutôt vers le sud, à Rio ou à São Paulo, des mégapoles clinquantes et claires où je pourrais me perdre. Brune, je m'imaginais fondre dans la blancheur des hautes tours. Mais ça a été Belém do Pará. J'ai passé des concours administratifs et c'est là que j'ai été mutée.

Il fallait bien que j'aille quelque part. Belém, c'est encore plus au nord que Teresina, presque au niveau de l'équateur. C'est une ville champignon aux portes de la forêt amazonienne. Elle est bordée par des fleuves bruns de limon qui se rejoignent en une baie hospitalière. Sur le port, frontière entre l'humain et la forêt, des bateaux blancs à fond plat attendent que les passagers viennent installer leurs hamacs sur leur pont. Au-delà de l'eau, à l'horizon, on devine la forêt et on imagine les oiseaux multicolores qui l'habitent.

J'aime les vieilles maisons coloniales et les manguiers, le kiosque en fer forgé de la place de la République et son opéra meringué, façon Belle Époque. J'aime les premiers gratte-ciel construits dans les années 1950, délabrés et gris, et les nouveaux qui grandissent chaque jour. J'aime le marché Ver-o-Peso, ses comptoirs blancs et ses galettes de tapioca. Ça me plaît, je reste. Ça fait presque dix ans maintenant. Je me sens *belemense*.

J'aime mon groupe de femmes de *batucada*. J'ai arrêté les avortements et je me suis tournée vers quelque chose de moins caché, voire de littéralement déclamatoire. On se retrouve chaque semaine entre filles de toutes les couleurs, de toutes les formes et de tous les âges, et on se lâche. On chante, on rit, on marche. On crie ce qu'on pense de notre pays machiste. On dit qu'il nous tue, nous aliène, nous opprime. En le criant, on se sent un peu mieux. On fabrique nos instruments, on coud nos vêtements, et on transpire avec eux, à l'intérieur d'eux. Ça nous donne du courage pour sortir dans la rue.

Nous devons veiller à être rapides et prudentes parce qu'il y a souvent de la répression. Mais parfois, ça se passe bien. Il arrive que nous soyons des centaines et que la police nous laisse tranquille. C'est magique : on scande des slogans, on marche en rythme avec des mouvements souples, les tambours calés sur nos ventres en résonance… *Machismo mata*. Le machisme tue. *Mulheres ou meninas : somos todas clandestinas*. Femmes ou filles, nous sommes toutes clandestines.

Je me sens forte et tranquille dans ces moments-là. Je me dis que c'est une vraie victoire, de dire même juste une heure, dehors, ce que j'ai à dire. Alors je recommence.

Moi qui ne suis pas de Belém, je ne connaissais pas les Icamiabas. Ce sont des filles de la *batucada* qui m'ont parlé d'elles. Ces femmes vivaient seules, sans hommes, dans la forêt. C'étaient des Amérindiennes. Elles avaient passé des accords avec des hommes d'autres tribus pour qu'ils fassent l'amour ensemble. Le reste du temps, elles n'avaient pas besoin d'eux. Ils gardaient les garçons et elles, les filles. Elles les élevaient et leur apprenaient à chasser, à construire des pirogues et à choisir les fruits de la forêt. Elles étaient puissantes et respectées. C'étaient aussi des guerrières. Il paraît qu'elles ont attaqué les premiers conquistadors qui se sont aventurés jusqu'à elles, au XVIe siècle.

Avant chaque répétition de *batucada*, avant chaque manifestation, nous invoquons l'esprit des Icamiabas, les Amérindiennes invaincues. On se sent leurs arrière-petites-filles.

Je repense souvent à Carmelita. Elle aussi, c'est une Icamiaba, même si elle n'est pas amérindienne. Depuis que je suis partie de Teresina, je n'ai jamais pris de ses nouvelles. Voilà plus de quinze ans que je l'ai rencontrée et depuis, la situation n'a pas beaucoup évolué. Même s'il est devenu un peu plus facile de se procurer des pilules abortives, l'avortement est toujours illégal, ici, au Brésil. Un jour, je le sais, je recommencerai à en pratiquer, sous la protection des Icamiabas.

Gilda

J'ai toujours vécu à Belém, dans la même maison, avec ma mère et ma grand-mère. Comment ma grand-mère a réussi à louer cette baraque immense, je ne saurais pas l'expliquer, elle a dû faire quelque chose de sexuel au propriétaire. En tout cas, jusqu'à aujourd'hui, je la remercie, j'adore habiter ici.

Avant, la maison était belle et blanche. Maintenant, les petits carreaux de faïence de la façade tombent les uns après les autres. Je n'ai pas d'argent pour faire des travaux. Le tout est un peu décrépi, mais c'est resté la pension de famille que ma grand-mère avait créée pour les travailleurs de l'*interior* de l'Amazonie et les *backpackers* étrangers.

Je me souviens bien du moment où elle a fait couper l'ancien salon de réception en deux dans le sens de la hauteur pour y aménager un second étage plein de petites chambres aux portes vertes. Avant, le plafond me semblait tellement haut que j'avais l'impression qu'il montait jusqu'au ciel. Ensuite, c'est devenu adapté à ma taille. Je me faufilais dans le petit escalier de bois pour surprendre les clients. Les adultes, eux, avaient toujours l'air de se courber en montant se coucher. J'aimais aussi m'asseoir dans la cuisine, ou dehors. Je donnais à manger à mon perroquet et, discrètement, je regardais les pensionnaires prendre leur petit-déjeuner. C'était une belle période. En grandissant, les observer ne m'a plus suffi. J'ai eu envie de les draguer et de faire l'amour avec eux.

Je l'ai fait. Je crois que j'ai un don pour ça.

Il y en a eu plein, des hommes avec qui j'ai couché. Je dirais des centaines. Des blancs, des noirs, des Indiens, des métis et des Français, j'aime beaucoup les Français, j'ai même appris à parler leur langue. Il y a eu les fétichistes, les violents, les puceaux, les dominateurs, les soumis, les doux, les tendres. Mais ça s'est fait presque toujours ici, chez moi. J'ai eu beaucoup de bonnes expériences et quelques moins bonnes. Les papas de mes enfants, par exemple, ils m'ont déçue. C'était juste pour faire l'enfant et ils sont partis après. Les trois ont fait pareil. Dès que mon ventre commençait à grossir, ils disaient qu'ils ne m'aimaient plus ou qu'ils avaient trouvé un travail à l'autre bout du Pará et qu'on se reverrait plus tard. Et moi, je suis restée là.

Comme les Icamiabas, j'ai élevé mes enfants toute seule. Elles, c'étaient des guerrières. Elles étaient féroces. Elles se coupaient un sein pour mieux tirer à l'arc. C'étaient des femmes belles, vraiment belles. Grandes, musclées, avec la taille fine et les fesses rondes, le corps nu et brun.

Moi aussi, je suis foncée. Ma mère était noire, et mon père, il paraît qu'il était indien, mais je ne l'ai pas connu. J'ai peut-être du sang d'Icamiabas qui coule dans mes veines. Je ne sais pas si je suis une guerrière. Guerrière de l'amour, ça, c'est sûr, mais me battre physiquement contre les hommes, je n'ai jamais essayé.

Maintenant, je ne sais pas ce que je vais devenir. J'ai cinquante-quatre ans et j'ai toujours mes règles. J'aime toujours autant mettre des robes courtes. J'ai toujours autant envie de faire l'amour, mais c'est devenu plus difficile de trouver des amants. Je pense même que je vais commencer à faire l'amour avec des femmes. Il faut tout essayer ! Mon problème, c'est que j'aime vraiment les bites. L'autre problème, c'est que je dois quitter ma belle maison. Le propriétaire me l'a déjà dit plusieurs fois. Ça fait cinquante ans que ma grand-mère y a emménagé. Et moi, je ne sais pas où aller.

Liliana

D'aussi loin que je me souvienne, j'ai toujours aimé les chevaux. Brosser leur croupe, caresser leur pelage et leur crinière, leur donner à manger au creux de ma main, leur parler doucement avec ma voix et mon corps en même temps et regarder leurs yeux me répondre. Mais ce que je préfère, c'est monter en selle, partir au trot et sentir les muscles de leur dos bouger entre mes cuisses. J'ai eu mon premier orgasme comme ça. Alors je n'ai jamais oublié ce que je leur dois.

Je devais avoir treize ou quatorze ans. À l'époque, j'habitais sur les rives du rio Tapajós, pas très loin de sa confluence avec le fleuve Amazone. C'était la saison sèche et à cette époque de l'année, de grandes plages de sable se forment le long des berges. Le noir de l'eau, le blanc du sable, le vert des arbres tracent trois lignes parallèles.

Comme toutes les semaines, j'avais le droit de monter Jacaré, une jolie jument à la robe noire qui faisait partie de la *fazenda* de mon oncle. Nous sommes parties toutes les deux au pas sur la piste qui traverse la forêt, je me souviens que je portais ce jour-là un pantalon rouge que j'aimais beaucoup, et que j'avais envie de me promener sur les plages. Derrière les derniers arbres ont surgi les rives désertes, j'ai accéléré la cadence progressivement, j'avais envie de longer le fleuve à l'infini. Je me tenais légèrement cambrée, le pubis collé à la selle, les fesses un peu en arrière et, sans m'y attendre, j'ai brusquement senti une chaleur monter de mon sexe et envahir tout mon corps. Je me suis cambrée encore plus, le plaisir a fusé, comme Jacaré qui continuait sa course, apparemment imperturbable, mais complice tout de même. Ça a été bref, mais beau, Jacaré est repassée au pas pour me laisser le temps de reprendre mes esprits et elle nous a guidées sur le chemin du retour, jusqu'à la *fazenda*.

Évidemment, je ne me suis pas arrêtée là. Dès que j'en ai eu la possibilité, je partais me promener avec Jacaré le long des rives du Tapajos. Je me suis aventurée de plus en plus loin, jusqu'à des endroits que je n'avais encore jamais explorés. Je vivais en bordure de forêt, mais sans vraiment la connaître.

Elle est impressionnante. Avant, je m'y sentais fragile, mais grâce à Jacaré et aux sensations si agréables que me procuraient nos balades, je suis devenue plus téméraire.

Un jour, j'ai aperçu au loin un cheval qui avait l'air seul, immobile au bord de l'eau, puis une jeune fille qui se baignait à ses côtés. Jacaré et moi nous sommes cachées pour les observer. La fille est sortie de la rivière, entièrement nue, avec ses longs cheveux noirs qui ruisselaient le long de son dos cuivré. Elle a caressé le cheval et tous deux se sont enfoncés dans la forêt en marchant côte à côte.

Je ne les ai jamais recroisés. Je me suis longtemps demandé si j'avais rêvé. Mais, aujourd'hui, je ne le pense plus. Je suis sûre de les avoir vraiment vus. Cette fille, c'était une Icamiaba, de la tribu des femmes sans mari, j'en suis convaincue. On dit qu'elles ont disparu il y a très longtemps, au moment où les conquistadors espagnols sont arrivés en Amazonie, mais je n'y crois pas. Elles sont trop puissantes pour ça. Elles se sont cachées loin dans la forêt pour continuer à vivre ensemble. Moi, j'en ai vu une, j'ai confiance, je sais qu'elles sont là, quelque part. Elles doivent se protéger, alors elles remontent toujours plus haut sur les fleuves, vers le nord. Près de l'Amazone, c'est sûr qu'elles sont pourchassées, il y a trop de bateaux et de maisons, mais là-bas, je pense qu'elles peuvent encore être tranquilles. J'aime penser que celle que j'ai vue était venue revoir le pays de ses ancêtres.

Fatima

Les Icamiabas font partie du patrimoine culturel de notre forêt. Moi qui essaie de développer le tourisme à Oriximiná, je me suis toujours dit que leur histoire était un atout pour notre commune, susceptible d'attirer les étrangers. Les jolies femmes nues, ça fait toujours vendre... Mais, moi, il y a une chose que je me suis toujours demandée : comment elles faisaient cicatriser le sein qu'elles se coupaient pour tirer à l'arc ? C'est quand même une sacrée blessure et, à l'époque, il n'y avait pas de désinfectant. Elles devaient connaître des plantes cicatrisantes qu'elles appliquaient sur la plaie... En ville, nous avons perdu ce genre de connaissances. Elles m'impressionnent.

J'ai toujours habité ici, dans la commune d'Oriximiná. Elle fait la taille du Portugal et est entièrement recouverte de forêt, alors je n'ai pas fini de l'explorer. Mais il n'y a qu'une fois que j'ai eu l'impression de toucher du doigt cette histoire d'Icamiabas.

C'était il y a quelques années déjà. Nous remontions le fleuve Trombetas en pirogue depuis plusieurs jours avec deux touristes de São Paulo, que j'emmenais faire de la pêche sportive dans les cascades, nombreuses près de la source du fleuve. Je manœuvrais l'embarcation remplie d'affaires, de vivres et de cannes à pêche. J'ai l'habitude de naviguer, mais plus on remonte un cours d'eau, plus c'est compliqué. Les fonds sont bas, il y a beaucoup de courant, il faut zigzaguer entre les roches, être attentive aux frémissements de l'eau, à toutes les variations de son débit, de sa couleur et de sa texture. J'étais donc très concentrée, malgré les deux *Paulistas* qui se prenaient en photo devant moi.

Je n'ai pas réussi à passer une dernière cascade parce qu'il n'y avait pas assez de fond, nous avons dû décharger la pirogue et la remonter sur la berge en la tirant entre les cailloux et les lianes. Nous étions sales et trempés, alors nous avons décidé de monter le camp pour la nuit juste au-dessus, dans une petite crique où se trouvaient de bons arbres pour attacher nos hamacs. J'ai l'habitude de dormir en forêt, que ce soit quand j'emmène des touristes ou quand je pars pêcher seule. J'adore ces moments où je me sens particulièrement sereine. J'y passe les nuits les plus réparatrices.

Ce soir-là, je savais que nous n'étions pas loin d'un village amérindien. Il y en a quelques-uns près de la source du fleuve, habités de quelques dizaines d'Indiens évangélisés par les missionnaires du Suriname. Je n'en croise pratiquement jamais et, quand ça arrive, généralement, on s'ignore. Mais là, il y en a un qui est littéralement venu à notre rencontre. Il était pieds nus, mais portait un T-shirt blanc un peu déchiré et un short. Il m'a beaucoup intriguée parce qu'il n'était pas comme les autres Indiens. : il avait la peau claire, il était plutôt grand et fin. Il ne parlait pas portugais, alors il s'est contenté de nous sourire en nous regardant fixement. Je lui ai tendu une bière en lui faisant signe de s'en aller. Il a refusé la bouteille et s'est éloigné très dignement.

La première chose que j'ai pensée, évidemment, c'est qu'il avait un lien avec les Icamiabas. Même si elles ont disparu, elles ont forcément laissé des descendants, des traces d'elles dans les autres tribus. Et un Indien si clair, avec un air si noble, ne peut être qu'un de leurs enfants.

Valdo

Quand j'étais gamin, les Icamiabas venaient de temps en temps dans mon village. Je les revois dans la brume épaisse de l'aube, pendant la saison des pluies, presque transparentes : des apparitions légèrement inquiétantes. Ce n'étaient que des femmes, on ne voyait qu'elles. Elles arrivaient silencieusement dans une longue pirogue de bois et accostaient un peu à l'écart de l'embarcadère. Deux ou trois rameuses restaient dans le bateau, comme des gardiennes, pendant qu'une dizaine d'autres descendaient sur la terre ferme. Elles étaient toutes nues, la peau presque noire avec des reflets rouges, leurs longs cheveux couvrant les parties intimes. Elles se promenaient d'un pas souple dans les rues avec leurs petites filles. Elles avaient l'air de savoir exactement où elles allaient, il n'y avait jamais d'hésitation dans leurs gestes. Nous, on s'arrêtait de jouer pour les regarder passer. C'était toujours très mystérieux, flou, comme dans un rêve. On leur faisait de grands signes, les invitait à venir avec nous, mais c'est comme si elles étaient irréelles. Elles nous regardaient à peine. Elles se parlaient entre elles, d'un air enjoué. Souvent, elles avaient l'air absorbées dans de grandes conversations. Nous, on ne comprenait pas du tout leur langue. Je me souviens qu'on essayait de leur dire des phrases en portugais, mais ça ne marchait pas. Les petites riaient de nos tentatives, mais restaient collées à leur mère.

Je ne sais plus pourquoi elles venaient. Peut-être pour faire des courses, acheter des choses qu'elles ne trouvaient pas dans la forêt ? En tout cas, elles finissaient par remonter dans leur bateau et repartaient comme elles étaient arrivées. On savait qu'elles reviendraient un jour ou l'autre.

Et finalement, à un moment, elles ne sont plus jamais revenues. Je n'ai aucune idée des raisons. Je sais juste qu'à partir d'une certaine époque – j'avais dix ou douze ans –, je ne les ai plus jamais vues. Le plus probable est qu'elles soient toutes mortes. Il n'est pas rare que les Indiens se laissent mourir, ils s'allongent dans leur hamac et ne se relèvent plus. Ça arrive souvent chez ceux qui habitent avec nous, les *caboclos*.

Est-ce que j'ai inventé tout ça ? Est-ce que mon imagination d'enfant me joue des tours ? C'est possible... Je ne sais plus ce qui est vrai et ce qui est faux. Chez nous, on ne parle pas de ça. On ne parle pas des Indiens comme ça. S'ils passent dans le village, on ne va pas en faire toute une histoire. Ils sont là, c'est comme ça, mais on ne communique pas vraiment avec eux. On ne se comprend pas bien.

Moi aussi, je suis parti de mon village. J'habite dans les Antilles maintenant, et j'importe du bois amazonien pour fabriquer des maisons. Leur odeur me rappelle ma terre. J'aime bien revenir ici, je m'y sens bien. Bientôt, je construirai ma maison dans le village, et je viendrai y habiter quand je serai vieux. À ce moment-là, j'aurai tout mon temps. Peut-être qu'en restant très attentif, je reverrai les Icamiabas, ou des signes qu'elles ont laissés : une minuscule fente dans un tronc d'arbre, une plume posée sur une feuille mouillée, un bâton de bois coupé dans le sens de la longueur.

Claudio

J'habite dans la banlieue de Belém, du côté d'Ananindeua, loin du fleuve. Il y a quelques années, c'était encore la forêt. Maintenant, c'est très défriché, ça se construit, des hangars et des usines.

Tous les jours, je viens dans le centre. Je prends le bus, c'est long : plus d'une heure dans un sens puis dans l'autre, et le prix augmente tout le temps. Je suis le gardien de l'église des Carmes. Ça fait maintenant plus de dix ans que je fais ce métier, les bus étaient déjà vieux à l'époque et ils n'ont pas été changés.

J'aime bien voir la baie apparaître derrière la vitre, à l'heure où les bateaux de pêcheurs reviennent au port. Ça me plaît de regarder tous les vieux bâtiments portugais. J'ai pris goût à l'architecture en travaillant ici. J'ai appris beaucoup d'histoires sur l'église des Carmes et je les raconte à mes enfants pendant mes jours de congés.

De l'extérieur, c'est sûr, elle ne paie pas de mine, elle mériterait un bon coup de peinture blanche, mais l'intérieur est magnifique, tout en bois sculpté. C'est la plus ancienne de la ville. Elle a été construite au XVIIe siècle, alors que Belém n'était encore qu'une petite place forte noyée au milieu de la forêt.

Lorsque les premiers missionnaires, des jésuites, sont arrivés ici, ils ont obligé les Amérindiens à travailler pour eux. Ce sont les gens d'ici qui ont été forcés de construire cette église et tout ce qu'il y a dedans, toutes les statues de bois, l'autel, les bancs. Même l'orgue ! Ça m'a toujours semblé incroyable.

Il n'y a pas grand-monde qui vient visiter, alors je passe beaucoup de temps à regarder ce qu'ils ont accompli. Je m'imagine comment ils ont travaillé. Et je m'aperçois que tout est légèrement décalé, un peu à côté de la réalité. Mais c'est logique : les autochtones ne savaient pas comment représenter les aliments décrits dans la Bible. Le pain et le raisin par exemple, ça ne leur disait rien, il n'y en avait pas ici, alors ils ont fait avec ce qu'ils connaissaient. C'est déjà un miracle que les religieux aient réussi à leur faire comprendre dans les grandes lignes ce qu'ils désiraient, que leurs paroles passent dans les mains des Amérindiens au travail et qu'on y reconnaisse près de quatre cents ans après des passages de la Bible.

Sur un retable où figure *La Cène*, le raisin posé sur la table ne forme pas de grappes, les grains sont posés les uns à côté des autres. D'ailleurs, il ne ressemble pas à du vrai raisin. Je pense que les sculpteurs se sont inspirés de l'*açai*, la baie aigre et violette de nos palmiers. Quant à Jésus et aux apôtres, ils ont les yeux bridés : ils ressemblent à des Amérindiens, pas à des Européens. Les sculpteurs se sont incarnés eux-mêmes dans les figures bibliques. Moi aussi, comme beaucoup d'habitants de Belém, j'ai des origines amérindiennes et j'ai les yeux bridés, comme les statues. Mais c'est loin, tout ça, maintenant on a été mélangés avec les noirs et les blancs.

Les Icamiabas, je ne sais pas si elles étaient vraiment amérindiennes. Mais c'est une histoire typique d'ici, du Pará. On me l'a répétée cent fois quand j'étais gamin, et je l'aime beaucoup.

Tout le monde la raconte, mais personne ne la connaît très bien. Je sais que les Icamiabas vivaient seules dans la forêt et qu'une fois par an, elles recevaient des hommes qui venaient faire l'amour avec elles. Pour les remercier, elles leur offraient des amulettes en forme de grenouille : les *muiraquitãs*. Elles les trouvaient au fond d'un lac, très loin d'ici, où je ne suis jamais allé. Je ne sais pas s'il existe vraiment. Ce qui est sûr, c'est que nous tous, les habitants de Belém, on les vénère. On pense souvent à elles, comme des inconnues qui nous protègent.

Il y a quelques mois, les travaux d'une photographe ont été exposés dans l'église. C'est moi qui ai accroché toutes les images sur les murs en pierre. C'était plein de différentes représentations d'Icamiabas. C'est typique d'ici, de les faire cohabiter avec la religion catholique. Après tout, elles sont comme des prêtresses. Une des photos est restée, on m'a demandé de la laisser, Dieu seul sait pourquoi. Moi, je suis content, j'aime bien venir la regarder de temps en temps.

Elle représente une jeune fille aux yeux clos, photographiée de profil, sous l'eau. Ses longs cheveux bruns flottent autour de ses épaules mates. Le reste de son corps est noyé dans les profondeurs sombres du plan d'eau. Son visage est paisible et semble déterminé : tourné vers la surface, il capte les rayons de lumière qui passent au travers du liquide trouble. Un poisson scintillant nage tout près de sa joue, comme s'il la caressait en laissant dans son sillage une eau parsemée de fines bulles d'air. L'adolescente est comme hors du monde, plongée dans sa rêverie tranquille. Vus de près, ses traits sont brouillés à cause du liquide qui l'entoure. Elle me donne envie de me promener avec elle sur les rives du fleuve, de me plonger dans le courant tiède et de ne plus penser à rien d'autre. Je me demande souvent si la photographe a pris en photo une vraie Icamiaba ou simplement une fille de la forêt. En tous cas, elle porte un *muiraquitã* autour du cou, à peine visible, caché par ses longs cheveux qui flottent. Masquée par l'aspect trouble de l'eau, la grenouille, corps rectangulaire et tête en pointe, semble presque noire.

Cindirela

Les Icamiabas sont avec moi, tout le temps. Pas physiquement, je ne les connais pas personnellement. C'est parce que je ne vais plus dans la forêt, je reste en ville. Mais elles sont avec moi dans ma tête. Elles m'accompagnent. Depuis bien longtemps, je me suis placée sous leur protection. Je les invoque quand je ne vais pas bien. Elles rient quand je danse. Je les chéris. Elles sont nos mères et nos gardiennes.

Une légende raconte qu'une fois par an, les Icamiabas organisaient une grande fête consacrée à la Lune, au bord d'un lac. C'est à ce moment-là que les hommes venaient leur rendre visite. Pas pour discuter, mais pour coucher avec elles ! Après plusieurs jours de sexe et de fête, elles plongeaient leurs mains dans les eaux vertes du lac et en sortaient des talismans encore mous, des *muiraquitãs*. Elles les modelaient en leur donnant la forme d'une grenouille, et ils durcissaient directement au contact de l'air. Elles les offraient ensuite en cadeau aux hommes avec qui elles avaient fait l'amour l'année précédente, à condition qu'elles aient accouché d'une fille. Ces hommes portaient leur *muiraquitã* toute l'année, accroché autour de leur cou, comme une amulette. C'était la preuve qu'ils avaient couché avec une Icamiaba, la chose la plus prestigieuse qui puisse leur arriver. C'était une grande fierté.

Je suis pute. Je n'ai aucun problème à le dire. J'appelle un chat un chat, et une pute une pute. Bien sûr, ça n'a pas toujours été comme ça, c'est venu avec l'expérience. Avant, je ne disais rien.

Quand mes enfants étaient petits, je les laissais à leur grand-mère et je partais travailler dans d'autres villes où personne ne me connaissait, comme ça c'était tranquille. J'étais la pute incognito. Je ne restais jamais très longtemps dans les différents bordels où je travaillais sur le bord de l'Amazone. Dès qu'on me posait trop de questions ou que je sentais que j'allais avoir des problèmes, je prenais un bateau et j'allais dans le village suivant. Quand on est pute, on trouve toujours du travail, c'est l'avantage. Partout où je m'arrêtais, j'achetais quelques robes que je faisais coudre par des tailleuses amérindiennes. Comme ça, quand je revenais à Belém, je disais que je faisais du commerce, que j'allais acheter des habits pour les vendre. Ma mère faisait semblant de me croire et mes petites filles étaient contentes des cadeaux que je leur rapportais. Je ne parlais à personne de ce que je faisais. J'avais vraiment une vie très solitaire.

Maintenant, c'est fini, je reste chez moi, dans ma ville. Dans un camp d'orpailleurs en Guyane, j'ai rencontré un Vénézulien qui se prostitue aussi. Je l'ai ramené chez moi. On est tombé follement amoureux. Maintenant, je ne cache plus rien : ni mon métier, ni mon amour. Et je peux m'occuper de mes enfants. Je travaille dans un bar d'un vieux quartier de Belém, six jours sur sept, toujours le jour, jamais la nuit : j'ai compris il y a longtemps que c'était plus pénible, il y a plus d'hommes ivres, ils sont moins faciles à contrôler.

On est beaucoup de filles, il y en a de très jeunes, de moins jeunes, quelques vieilles aussi.

Elles viennent de tout le Brésil, du Venezuela et de Colombie. Il y a quelques *belemenses*, comme moi. Il y en a pour tous les goûts et de toutes les couleurs. Parmi les clients aussi, d'ailleurs, il y a de tout.

Je loue une chambre au patron pour les passes et je peux rester au bar autant de temps que je veux, tant que les clients me paient à boire. C'est un métier dur, mais je ne connais personne pour qui le travail soit une partie de plaisir. Au moins, je suis indépendante et je ne dois rien à personne. Je gagne ma vie. Je me bats pour que ma profession soit légalisée, parce qu'il faut que les agressions cessent. Je fais partie du Syndicat des prostituées de Belém et j'ai décoré les murs de notre local de petites culottes rouges et de *muiraquitãs* verts que j'ai peints au pochoir. Ça m'arrive d'en dessiner dehors, sur des murs de la ville. Je leur fais des yeux noirs soulignés d'un éclat d'or, des pattes courtes et repliées, un dos rayé de vert et une tête triangulaire qui forme une pointe plus foncée.

J'en porte aussi un autour du cou, en pendentif. Je ne l'enlève jamais. Je l'ai acheté un matin au marché Ver-o-Peso pour deux *reais* alors que je me promenais au bord du fleuve. Normalement, il ne faut pas garder un *muiraquitã* qu'on a acheté. Il porte bonheur seulement s'il a été offert, mais je m'en fiche, je voulais me faire un cadeau.

Felipe

J'adore cette histoire de *muiraquitãs*. Elle parle d'ici, de ma culture, de ma ville. Elle est ma manière de proclamer que je viens de là, de montrer que j'appartiens à ce lieu. Amazonien, c'est mon identité, alors je l'ai marqué sur ma peau. Je me suis fait tatouer une petite grenouille sur la poitrine que j'ai moi-même dessinée. Elle est verte avec les pattes repliées et des yeux ronds. J'ai même fait faire la chaîne qui la tient autour de mon cou : un fin trait d'encre verte. J'ai aussi un toucan sur l'épaule et un jaguar sur le mollet, mais mon tatouage préféré, c'est le *muiraquitã*.

Je pars souvent de Belém, pour vivre d'autres aventures. Je travaille un peu tout en voyant du pays. C'est une vie que j'apprécie : toujours un peu ici, toujours un peu ailleurs. Quand je suis loin, je raconte à ceux que je rencontre la belle légende des Icamiabas, ces filles tellement sexy que tous les hommes des tribus alentour en étaient amoureux. J'exagère l'histoire, je l'embellis, je dis qu'ils les suppliaient de coucher avec elles. Que faire l'amour avec une Icamiaba était l'expérience sexuelle la plus intense qu'ils pouvaient espérer vivre. Qu'ils étaient prêts à faire n'importe quoi pour que ça arrive. Qu'ils leur mangeaient dans la main et leur donnaient tout ce qu'elles voulaient : de la nourriture, des habits, des scooters, des billets de bateau, des enceintes pour écouter de la musique. J'explique aussi qu'il y a de bien belles filles à Belém aujourd'hui, parce qu'elles ont toutes un peu des ancêtres icamiabas.

Le mieux, c'est quand je suis parti en Europe. J'ai travaillé de nuit dans un restaurant en Angleterre et j'ai raconté ces histoires aux filles de là-bas, elles ont adoré. Elles voulaient toutes coucher avec moi pour pouvoir caresser le *muiraquitã* qui était tatoué sur ma poitrine ! Je leur disais que je ne pouvais pas m'attacher à elles parce qu'une Icamiaba m'avait offert ce pendentif et que ça voulait dire que je lui appartenais. Les filles comprenaient bien, et acceptaient quand même de coucher avec moi, juste pour le sexe, pas les sentiments.

En vérité, je ne sais pas si ces femmes ont existé, même si j'en ai vu en photo. Rien ne prouve que ces images étaient réelles. Pour moi, c'est surtout une belle légende, notre légende. Nous n'en avons plus beaucoup d'autres parce qu'elles ne sont pas transmises ou qu'elles ont été mélangées les unes aux autres. Mais les *muiraquitãs*, par contre, je sais qu'ils existent. Ce n'est pas un mythe. J'en ai vu quelques-uns, des vrais, dans un musée. Je ne pourrais pas bien en parler, il faut aller voir les savants.

Ana

J'ai commencé à m'intéresser aux *muiraquitãs* parce qu'en arrivant à Belém, j'ai remarqué qu'il y en avait beaucoup de peints sur les murs. Certains tout petits, gribouillés, et d'autres énormes. J'en voyais aussi imprimés sur des autocollants, ou dessinés sur des pancartes.

En me promenant, je m'amusais à les compter, à observer leurs différentes formes, leurs couleurs. Un jour, j'ai trouvé une boutique de tatouages qui s'appelait Muiraquitã Ink. J'ai aussi découvert un brasseur qui produisait une bière blonde baptisée « Muira », avec une femme à moitié nue dessinée sur la bouteille. J'en ai acheté une, ça m'a fait rire. J'ai vu que certaines personnes en portaient autour du cou et que plusieurs artisans en faisaient des bijoux, surtout au marché Ver-o-Peso. J'étais étudiante à l'époque, je débarquais du sud du Brésil, tout ça me paraissait très exotique. En rentrant chez moi, je dessinais dans un cahier les multiples versions de la grenouille que j'avais vues dans la rue pendant la journée. C'était comme si j'étais dans un autre pays. D'ailleurs, c'est comme un autre pays : d'habitude, les gens du Sud connaissent très peu le Nord, et vice-versa. Moi, je fais le pont entre ces deux parties du Brésil, en tout cas j'essaie. Je me suis fait beaucoup d'amis ici. J'en amène certains chez moi à Rio quand j'ai un peu d'argent. Ils racontent les légendes du Pará à ma famille. Et puis, je consacre une grande partie de ma vie à ces mystérieuses grenouilles amazoniennes.

C'est en visitant le musée d'art sacré de Belém que j'ai eu une vraie révélation sur les *muiraquitãs*. Je ne m'attendais pas du tout à y trouver ce que j'y ai trouvé. Je pensais que c'était un endroit un peu ennuyeux, c'est d'ailleurs comme ça que ça a commencé : je me suis retrouvée dans des salles consacrées à la diffusion des icônes catholiques à travers le Brésil au cours des quatre derniers siècles. Il y a plus passionnant. Mais, au fond du bâtiment, la dernière pièce était différente.

Je m'en souviens comme si c'était hier. Les volets étaient clos et les murs, recouverts de tentures sombres. À l'intérieur, il n'y avait que trois vitrines éclairées par une lumière dorée qui dégageait un halo flou. Derrière le verre étaient exposées des dizaines de *muiraquitãs*. Pas les colifichets de pacotille du marché Ver-o-Peso, ni les pochoirs peints sur les murs de la ville, mais des pendentifs amérindiens. Il y en avait exactement cent un, soit toute la collection du gouvernement de l'État du Pará, taillés dans du jade, de l'actinolite, du diabase, des pierres aux différents tons de vert, du plus clair jusqu'au noir. La plupart avaient une forme de grenouille stylisée : ils étaient plats et presque rectangulaires, avec une petite pointe sur l'un des côtés les plus courts pour figurer la tête et une ligne droite gravée dans le sens de la longueur, d'une symétrie parfaite. D'autres étaient plus abstraits, plus cylindriques. Mais tous possédaient les mêmes lignes simples et épurées. Ceux qui avaient une forme batracienne étaient invariablement dotés d'un trou traversant la gorge de la grenouille dans le sens de la largeur, permettant de faire passer un petit lien et de l'accrocher autour du cou.

J'étais éblouie. Méticuleusement, j'ai contemplé l'une après l'autre les cent une pièces exposées devant moi. Le temps s'était arrêté.

D'ailleurs, quand je regarde un *muiraquitã* aujourd'hui, je suis encore éblouie. Leurs formes constituent des miracles d'harmonie. Leur fabrication a dû exiger la maîtrise d'outils et de techniques sophistiquées dont on ignore encore tout aujourd'hui.

À côté de ces merveilles, un panneau figurait des Amérindiennes en petite tenue dans un style *heroic fantasy*. Elles étaient assises dans une clairière, leurs carquois remplis de flèches posés à côté d'elles. C'était presque grotesque. Un court texte mentionnait la légende des Icamiabas et évoquait les amulettes que ces femmes mythiques tiraient d'un lac sacré pour les donner à leurs amants. Il localisait cette histoire sur le fleuve Nhamundá, un affluent nord de l'Amazone situé à des centaines de kilomètres à l'ouest de Belém.

À l'époque, je faisais des études d'histoire et j'ai décidé de me spécialiser en archéologie. Je viens de soutenir une thèse sur les *muiraquitãs*.

Il n'est pas évident d'en trouver sur site aujourd'hui. Il y a quelques décennies, dans la forêt ou au bord des fleuves, sur les emplacements d'anciens villages amérindiens, même en fouillant à la surface du sol, on en trouvait des dizaines. Désormais, les lieux les plus accessibles ont été pillés et il faut remonter toujours plus haut le long du fleuve. Les pendentifs se vendent à prix d'or sur des marchés parallèles et les populations natives d'Amazonie en ont bien évidemment été spoliées. La plupart des cent un *muiraquitãs* de la collection du gouvernement du Pará ont été saisis chez des trafiquants. À l'université de Belém où je travaille, nous cherchons toujours des *muiraquitãs* chez des particuliers, nous lançons régulièrement des appels aux dons.

Dans ma thèse, je me suis intéressée à l'origine des pierres. Par exemple, en Amazonie, il n'y a aucun gisement de jade, celle dans laquelle une grande partie des *muiraquitãs* sont taillés : le plus proche se trouve au Guatemala. Les anciens habitants de la région ont dû s'en procurer *via* un réseau d'échanges qui reste mystérieux – on ignore par exemple si les pierres sont venues brutes ou déjà sculptées. D'autres *muiraquitãs*, probablement des copies plus récentes d'une valeur moindre, ont été fabriqués dans des minerais locaux.

Certains sont plus primitifs, d'autres plus élaborés, mais il est très difficile de les dater. Je les ai classés en quatre catégories, suivant le type de perforation, la technique d'élaboration…

Quant à ce nom, il a sans doute été inventé au XIXe siècle. Nous ignorons comment les populations natives appelaient ces pierres. Dans l'Amazonie précolombienne, je présume qu'elles étaient utilisées dans des rituels de type religieux et dotées de propriétés curatives, par exemple contre les maux de reins ou de tête, et contre la fièvre.

Voilà ce que je peux dire sur les pierres. Je suis du côté de la science, pas de la légende. Je ne sais rien sur les femmes sans mari. Cette histoire est trop floue, il n'y a rien à quoi se raccrocher et tout est englouti, maintenant. Ce que j'essaie d'interpréter, ce ne seront jamais que des images vagues, des ébauches des vies d'avant.

Elza

J'ai passé toute ma carrière de photographe à documenter l'Amazonie. Ça fait plus de trente ans maintenant. J'ai rencontré des chercheurs d'or et des descendants d'esclaves qui avaient fui les plantations et s'étaient réfugiés dans la forêt. J'ai suivi des pêcheurs de lamantins et des paysans sans terre envoyés de force dans l'immensité verte. Et, bien sûr, j'ai cherché des traces des Icamiabas et de leurs amulettes en forme de grenouille. Cette histoire est peut-être ma préférée. Je ne sais pas pourquoi, sans doute parce que je viens d'une famille où il n'y a que des femmes et que j'ai toujours rêvé d'aventures.

Je viens de la ville, je voulais connaître la nature. Explorer la forêt, remonter le long des fleuves, découvrir ce qui s'y cache. Toute petite, j'ai commencé par lire le texte de Gaspar de Carvajal : je l'ai trouvé ennuyeux, trop guerrier. Il situe la rencontre entre les conquistadors et ces femmes à la confluence entre l'Amazone et le fleuve Nhamundá. Selon notre légende locale, c'est aussi sur ce fleuve que les Icamiabas habitaient, au bord du lac nommé « Miroir de la Lune ». C'est loin, très loin de Belém : à la frontière entre les États de l'Amazonas et du Pará, en plein milieu de l'Amazonie. J'ignore si la légende a alimenté le texte du moine ou si c'est le contraire, mais les deux parlent à peu près du même lieu. Et c'est aussi là qu'on a retrouvé beaucoup de *muiraquitãs*.

J'ai décidé de m'y rendre. Depuis Belém, où j'habite, j'ai pris un premier bateau, navigué vingt-quatre heures dans les méandres du gigantesque archipel fluvial qui forme l'estuaire de l'Amazone, puis rejoint son cours principal, de plusieurs kilomètres de large. Là, après encore deux jours de navigation jusqu'à Santarém, j'ai changé de bateau et gagné la petite ville de Nhamundá par différents bras de fleuve, trente-six heures plus tard.

Nhamundá, le terminus de la ligne fluviale, est une petite bourgade d'un millier d'habitants, située sur une île longue et étroite au milieu du fleuve. Elle est belle comme un récif abandonné. Si on veut continuer à naviguer plus haut, en aval, il faut avoir sa propre embarcation.

C'était la saison sèche. Il n'avait pas plu depuis bien trop longtemps et la chaleur était presque insoutenable même pour les habitants de la ville qui n'y sont habitués que si elle est accompagnée de moiteur. La terre rouge s'ouvrait en de larges fissures, les eaux étaient très basses, la forêt d'habitude luxuriante était craquante d'aridité, presque comme le *sertão*. J'y suis restée quelques mois avec mon appareil photo.

C'est une région isolée et magnifique. Les habitants m'ont beaucoup aidée dans mon travail. Je débarquais à l'improviste chez les uns et les autres ; tous ont pris le temps de répondre à mes questions, même s'il ne fait nul doute que certaines ont dû leur paraître saugrenues. Je me suis demandé : si Francisco de Orellana débarquait aujourd'hui sur les rives du fleuve Nhamundá, quel genre de femmes rencontrerait-il ? Parce que je pense qu'il s'est vraiment fait attaquer par des femmes.

Dans les sociétés amérindiennes, elles avaient sans doute un rôle social différent de celui auquel elles étaient assignées en Europe, d'où ma famille est originaire. Mais de là à dire qu'il existait une société de femmes qui vivaient sans aucun homme, il y a un pas que je ne franchirai pas. Et je ne sais pas comment on pourrait en avoir le cœur net.

Je suis fascinée par les espaces matriarcaux, et je trouve que la région de Nhamundá en est un. J'ai rencontré beaucoup de femmes qui vivent sur les rives du fleuve, parfois seules, et qui m'ont marquée. Certaines anciennes sont très respectées, hommes et femmes viennent les consulter avant de prendre des décisions importantes. Les petites filles jouissent d'une grande liberté et les jeunes femmes se marient relativement tard : elles n'ont pas envie de s'encombrer d'un mari peu accommodant.

J'ai demandé à chacune d'elles de me raconter leur version de l'histoire des Icamiabas. Ensuite, je les ai photographiées. Elles ont, toutes à leur façon, incarné une partie de la légende de la tribu : la rencontre avec les hommes, la fête du lac Miroir de la Lune, le façonnage des *muiraquitãs*.

L'une de ces photos est toujours exposée à l'église des Carmes de Belém. C'est sans doute ma préférée. Elle symbolise un moment clef de la légende : quand les Icamiabas plongeaient dans les eaux du lac pour récupérer les *muiraquitãs* qu'elles offraient ensuite à leurs amants. Je me souviens bien du modèle, c'était une jeune fille de quinze ou seize ans à l'époque, qui doit avoir une vingtaine d'années maintenant. J'avais lancé un appel pour photographier des adolescentes, parce que je voulais avoir des images de femmes de toutes les générations et que je rencontrais surtout des femmes plus âgées.

Je ne me rappelle plus son nom, mais je sais qu'elle est arrivée toute seule. Ça m'a frappée parce que les autres filles que j'ai contactées sont venues en groupe. On a fait une séance de pose, mais elle n'était pas très bavarde. Je ne crois pas qu'elle m'ait raconté sa version de la légende : j'ai souvent eu ce problème avec les plus jeunes, le sentiment qu'elles se sentaient beaucoup moins concernées. En revanche, cette fille possédait un *muiraquitã*, ce qui est extrêmement rare de nos jours – pas un de pacotille, comme on peut en trouver au marché Ver-o-Peso, à Belém, mais un artefact amérindien, taillé dans de la pierre. Il était noué autour de son cou avec un fil noir et brillait sur sa poitrine.

Elle s'est déshabillée avec beaucoup de prestance. J'ai assez vite eu des photos qui me convenaient et je ne suis pas restée très longtemps avec elle. Mais elle m'a laissé un souvenir fort, m'a intriguée. Je l'ai trouvée vraiment très belle. Je pense qu'elle vient d'une famille amérindienne. Elle n'est pas du tout métissée, sa peau est très foncée comme c'est généralement le cas chez les Amérindiens de cette région, et ses cheveux sont très raides, épais et noirs. Quand je l'ai vue, j'ai vraiment cru que c'était une descendante d'Icamiabas. Il y avait une telle liberté dans ses gestes !

Je crois me souvenir qu'elle ne parlait pas très bien portugais. En tout cas, ce n'était pas sa langue maternelle. Nous n'avons pas beaucoup parlé, mais je ne sais plus si c'était à cause de la barrière de la langue ou simplement parce qu'elle n'en avait pas envie. Sur le moment, je crois que j'ai pris cette réticence pour un blocage générationnel ou culturel et je n'ai pas insisté. La fin de mon séjour approchait, j'avais déjà beaucoup de photos et il pouvait m'arriver d'être un peu moins rigoureuse sur le protocole que je m'étais fixé. Je le regrette maintenant, d'autant qu'elle m'a donné la plus belle photo de ma série.

J'ai lu des textes historiques sur les amazones. Après Francisco de Orellana, d'autres conquistadors et explorateurs sont partis à leur recherche. En 1595, Walter Raleigh, un aventurier anglais, favori de la reine Élizabeth Ire, a remonté le fleuve Orénoque depuis le Venezuela. Il en a rapporté une histoire qui ressemble beaucoup à la légende contemporaine des Icamiabas : « Elles ne connaissent la compagnie des hommes qu'une fois par an et pour une durée d'un mois, en avril, d'après les renseignements que j'ai obtenus. À cette époque, les rois des pays avoisinants et les reines des amazones se rassemblent et une fois que les reines ont fait leur choix, les autres amazones tirent au sort leurs amoureux. Pendant ce mois, elles festoient, dansent et boivent en abondance de leurs vins et, quand la Lune disparaît, tous repartent dans leur pays d'origine. Si elles conçoivent et mettent au monde un fils, elles le renvoient au père ; si c'est une fille, elles la nourrissent et l'élèvent. Toutes celles qui ont une fille envoient un cadeau au procréateur, car elles désirent toutes augmenter le nombre de personnes de leur sexe. » Ce cadeau, on le devine, c'est une pierre verte en forme de grenouille. Au cours de son expédition sur l'Orénoque, Walter Raleigh croise de nombreux propriétaires de ces présents. « J'ai eu l'occasion d'en voir plusieurs en Guyane où chaque roi ou cacique en possède une, que le plus souvent leurs femmes portent et qu'ils considèrent comme des bijoux de grande valeur. » Ce que j'en ai compris, c'est que les hommes offraient à leurs compagnes le cadeau qu'ils avaient reçu de leurs amantes amazones.

Un autre texte important qui mentionne les Icamiabas et leurs petits artefacts est le *Voyage sur l'Amazone* de Charles Marie de la Condamine, un scientifique français. Curieux de la rumeur lancée par Francisco de Orellana, il navigue sur l'Amazone depuis l'Équateur jusqu'à son embouchure en 1743. Tout au long de son expédition de plusieurs mois, il cherche à recueillir des témoignages sur ces guerrières mythiques, mais le peuple des femmes ne se laisse pas facilement appréhender. À chaque fois, on lui répond qu'elles viennent de passer, ou qu'elles vont bientôt arriver.

En revanche, leurs mystérieux pendentifs verts se trouvent très facilement. La Condamine les examine, les étudie et en collecte plusieurs, de formes diverses : des grenouilles, mais aussi des poissons, des têtards ou de simples cylindres. Impressionné par le raffinement de leur facture, il conclut qu'ils sont taillés dans du jade. Le trou dont ils sont tous percés dans le sens de la largeur est pour lui une énigme à proposer aux lapidaires. Comment peut-on perforer une pierre si fine et si dure sans la casser ?

Walter Raleigh et Charles de la Condamine sont tous les deux convaincus que le peuple de femmes existe bel et bien ou, du moins, qu'il a existé. Moi, je l'ai dit, je suis plus dubitative. Mais quand j'étais sur le fleuve Nhamundá et que j'interrogeais les habitants sur cette histoire, je me sentais un peu comme une descendante des explorateurs. J'avais loué un bateau et j'accostais sur les pontons de bois que les *caboclos* construisent devant leur maison. Je suis montée jusqu'au lac Miroir de la Lune, à quatre heures de navigation de la ville de Nhamundá, en amont. C'est sans doute le lieu le plus décevant que j'aie visité puisque c'est celui sur lequel j'avais les plus grandes attentes. En fait, c'est juste un bout de forêt semblable à tous les autres.

J'ai rencontré énormément de monde, mais malgré tout le temps que j'ai passé là-bas, je ne pense pas avoir fait le tour de la légende. Il y a là autant d'histoires que de personnes. Moi-même, aujourd'hui, j'imagine que j'ai recréé la mienne, même si je me suis beaucoup documentée. Au Brésil, nous avons le concept de *miscigenação*, très proche de celui de métissage. L'immense majorité des Brésiliens considère qu'ils sont issus d'un mélange entre plusieurs ethnies, blanches, noires et amérindiennes. Notre unité, c'est cet assemblage parfois confus, souvent fécond; et cela vaut aussi pour les Icamiabas. Nous avons pris une partie de l'histoire de Carvajal, une autre provenant de légendes amérindiennes et nous avons mêlé ces éléments disparates pour qu'ils ne disparaissent pas et qu'ils deviennent une partie de notre culture. Mais pour retrouver d'où viennent ces différents éléments, c'est une autre histoire.

Carmen

En ce moment, pendant la saison sèche, je vais souvent me promener sur les plages autour de mon village, Terra Santa. Elles se forment sur les berges quand le niveau du fleuve baisse. Il s'agit du fleuve Trombetas, mais on n'est plus qu'à quelques heures de bateau du Nhamundá. J'habite juste au bord de l'eau, la vue est dégagée, c'est ouvert et serein. Je vois les poissons sauter depuis mon jardin.

En revanche, je ne m'approche jamais trop de l'eau. Il y a beaucoup d'histoires autour d'elle : des histoires de morts, d'attaques, de noyades. De sexe, aussi. Ça me fait peur.

Une histoire qui est connue, c'est celle des enfants de *botos*, les dauphins du fleuve. Certains sont roses, d'autres gris. On dit qu'ils ont des pouvoirs magiques, surtout les roses. D'après la légende, la nuit, les dauphins sortent du fleuve. Ils vont dans les villages pour visiter les Amérindiennes qui dorment dans leur hamac. Neuf mois plus tard naissent des enfants aux pouvoirs mystérieux. Bien sûr, c'est une histoire que les femmes ont inventée pour qu'on les laisse tranquilles, pour qu'elles n'aient pas besoin de dire qui est le père de leur bébé. Je n'ai quand même pas envie de me retrouver nez-à-nez avec un dauphin sortant de l'eau. Je ne sais pas pourquoi, mais j'en ai souvent imaginé, debout sur leurs nageoires de derrière, avec un énorme sexe en érection, les yeux brillants, le bec entrouvert.

Sur les plages, à une certaine distance de l'eau, je me sens en sécurité. J'y fais toujours des découvertes intéressantes. Je collectionne les morceaux de céramique cachés dans le sable. Avant, je les montrais à mes élèves (je n'étais qu'une simple professeure de l'*interior*) mais, maintenant que je suis à la retraite, plus grand monde ne les voit. J'aimerais bien les léguer à un musée à Belém ou à Manaus, que des scientifiques s'en emparent. J'en ai de toutes sortes : des peints, en rouge, en bleu ou en vert d'eau; d'autres qui ont retrouvé la couleur marron de la terre cuite. Chez certains, on devine encore la forme d'un objet, une assiette, un bol. D'autres ne sont que des morceaux disparates, trop petits pour qu'on puisse déterminer leur ancienne fonction.

Il y a des vestiges du passage des Portugais, dont je reconnais les motifs bleus et fins qu'ils peignaient sur leur vaisselle. Il y a beaucoup de céramique amérindienne, aussi. Les pièces de toutes origines, portugaises, *caboclos*, amérindiennes, se mélangent dans le sable. Elles sont comme nous, les *caboclos* : on ne sait pas trop d'où elles viennent, on ne connaît pas bien leur histoire.

Bien sûr, j'ai ma préférée. C'est une poterie ovale d'origine amérindienne d'environ dix centimètres de long, renflée sur un côté et percée de cinq ou six trous à peine plus gros que des têtes d'épingle. La bosse est surmontée d'une petite boule qui ressemble à un téton. Elle est intacte, elle s'est préservée au fil des années. Elle me fait penser à un sein : celui d'une Icamiaba.

C'est l'une d'elles qui a fondé Terra Santa, mon village. Elle s'appelait Judará. Elle avait quitté le lac Miroir de la Lune par amour pour un homme d'une autre tribu, et ils s'étaient installés dans cet endroit calme à la situation géographique accueillante.

Là, le fleuve s'élargit, fait presque comme un lac. Les *botos* sont nombreux à y élire domicile. Judará et son amoureux ont eu beaucoup d'enfants et, selon la légende, nous sommes leurs descendants. Elle, elle a été bannie de la tribu des femmes. Les Icamiabas n'acceptaient pas qu'on s'attache à un individu de sexe masculin. Judará le savait bien. Terra Santa est donc le lieu de cette trahison originelle.

Seule Judará la déloyale y a vécu. Les autres vivaient plus haut, en amont du fleuve. C'étaient des femmes très belles, à la peau cuivrée, comme tous les Amérindiens. Elles se promenaient nues sur leurs chevaux. Seuls leurs cheveux couvraient leurs parties intimes.

Certes, il n'y avait pas de chevaux en Amazonie avant la Conquête, mais ici, en Amazonie, même les mythes sont pleins d'anachronismes. Cette histoire est un mélange de légendes de plusieurs origines, européennes et amérindiennes. L'histoire amérindienne originale s'est perdue. Je ne la connais pas. Mais je suis persuadée qu'une tribu de femmes vivant seules a existé dans cette région.

Ce dont je suis convaincue aussi, c'est qu'elles ont disparu. Elles ont été décimées par la colonisation et le choc épidémiologique, comme une grande partie des peuples amérindiens. Ni plus, ni moins. C'est la même histoire que partout ici. Ils n'avaient pas les mêmes mœurs que nous, et leurs cultures étaient si diverses : pourquoi une tribu composée exclusivement de femmes n'aurait-elle pas existé ? Mais aujourd'hui, elles sont toutes mortes et cela n'intéresse plus personne de savoir si c'est vrai ou faux.

Mon rêve, ce serait de trouver un *muiraquitã* dans le sable. Il n'y en a pas, par ici, il n'y en a jamais eu. Peut-être que si j'allais du côté de Nhamundá, au niveau du lac Miroir de la Lune... Mais il paraît qu'ils ont tous été pillés.

Senesio

Depuis que je suis à la retraite, je recueille l'histoire de la ville de Nhamundá. J'utilise un grand cahier avec une couverture de feutre noir dont les pages sont un peu jaunies. Dedans, j'ai collé la copie de l'acte de la fondation de la ville, en 1956. Elle a d'abord fait partie de l'État du Pará, puis a été rattachée à l'Amazonas. Elle a longtemps fait l'objet d'un litige entre les deux États. Puis, l'Amazonas a réussi à prouver que le lit principal du fleuve passait de son côté de l'île et a obtenu gain de cause. Cela fait beaucoup de conflits pour une île de deux kilomètres de long et cinq cents mètres de large...

Je n'ai pas eu la chance de faire beaucoup d'études, alors je profite de ma vieillesse pour rattraper le temps perdu. J'aime bien découvrir ce qu'il y avait avant sur la terre que j'habite. Et puis, je m'ennuie moins que les autres vieux, comme ça. J'écris avec mon stylo à encre bleue, comme quand j'étais à l'école.

Avant 1956, l'île n'était que forêts, occupée seulement par quelques Indiens, dont Jamundá, un cacique du XVIIIe siècle. On les appelait les Uabois. Au moment de la fondation de la ville, ces Indiens sont remontés vers le haut Nhamundá pour ne plus jamais revenir. Ce sont eux qu'il faudrait questionner sur les Icamiabas. Je sais que trois tribus se sont installées sur l'ancien territoire de ces femmes. Elles, elles ont disparu depuis l'époque de la révolte de *Cabanagem*, dans les années 1830. C'est une longue et dramatique histoire, l'une des plus héroïques et des plus sanglantes que l'Amazonie ait connu. J'ai mis des années à bien comprendre ce que c'était, mais maintenant, je peux l'expliquer.

Après la proclamation de l'indépendance du Brésil en 1822, plusieurs grands mouvements populaires ont éclaté à Rio, au Pernambouc, dans l'Alagoas et aussi dans l'ancienne province du Grão Pará et d'abord à Belém, sa capitale.

Très éloignée du sud du pays, la cité amazonienne ne voulait pas faire partie du Brésil. Elle a tenté de proclamer l'indépendance du Grão Pará dans une alliance de circonstance entre grands propriétaires terriens et petit peuple. La base du mouvement, c'étaient des esclaves noirs et amérindiens, mais les chefs étaient blancs, comme toujours.

Il y a eu trois gouvernements successifs composés de forces progressistes et révolutionnaires à Belém en 1835 et en 1836. Leurs partisans se faisaient appeler les *cabanos*, en référence aux petites maisons de bois sur pilotis dans lesquelles ils habitaient. L'ancien esclave Joaquim Antonio, l'un des chefs rebelles, attaquait les plantations esclavagistes de la région avec son armée de cinq cents hommes. Les *cabanos* se réclamaient des idéaux de la Révolution française et formaient à cette image des clubs politiques. L'un d'eux était féminin. Il s'appelait la Société des amazones. Je suis sûr que des Icamiabas en ont fait partie. C'était normal qu'elles dirigent la partie féminine de cette révolte. Tout le Grão Pará était uni pour sa liberté, hommes et femmes, propriétaires terriens et esclaves.

À cette époque, Belém bouillonnait d'une grande effervescence politique et intellectuelle. Le gouvernement du sud du pays a violemment réprimé cette Commune amazonienne avant l'heure. Les leaders ont été arrêtés et mis à mort. La répression s'est étendue à l'ensemble du peuple et à l'État. On estime aujourd'hui que 40 000 personnes ont été assassinées par les ancêtres de la police militaire fédérale. C'est un massacre dont le souvenir se perd peu à peu. Avant la tuerie, la population de la province comprenait 100 000 personnes, ce qui veut dire que 40 % des habitants ont été tués. Des groupes rebelles ont continué à résister pendant plusieurs années dans l'*interior*, et quelques Icamiabas ont sans doute rejoint ces troupes. Mais, au moment des dernières vagues de répression, au plus profond de la forêt, les dernières ont été tuées.

Ça fait des années que j'essaie d'écrire un recueil de mémoires sur le sujet, j'écris tous les jours, mais c'est dur. Je suis vieux.

Il n'y a plus personne aujourd'hui pour honorer la mémoire des Icamiabas. Je sais qu'elles retrouvaient les hommes des autres tribus le

25 décembre, le jour de Noël, chaque année, pour faire l'amour avec eux et leur donner des *muiraquitãs*. Ma fille avait un collier qui en comprenait plusieurs, mais elle se l'est fait voler devant l'église de Nazaré, à Belém, il y a plus de trente ans. Il n'y en a plus ici. Je sais qu'elles aimaient beaucoup Jésus et croyaient en Dieu, notre Seigneur. Et aussi que leur saison des amours et de la dévotion était courte. Le reste de l'année, elles s'entraînaient à combattre et fabriquaient leurs arcs et leurs flèches. Elles ont résisté longtemps pendant le *Cabanagem*, mais à un moment, il a bien fallu qu'elles meurent.

César

J'habite à Nhamundá, mais ma fonction m'amène à me rendre régulièrement en amont du fleuve, jusqu'au lac Miroir de la Lune et parfois même plus haut, après la cascade qui marque l'entrée en pays amérindien. Je fais partie d'un ordre missionnaire. J'essaie d'aller porter la parole de Dieu notre Seigneur et de Jésus là où j'en ai la possibilité. Dans les communautés rurales *caboclos* des bords du fleuve, je donne des cours de formation aux pratiques catéchuménales aux chefs. Comment préparer la liturgie, comment donner les sacrements, etc… Je suis allé pour cette raison au Miroir de la Lune le mois dernier. Là-bas, c'est facile : la quasi-totalité des habitants sont catholiques. Je suis toujours très bien accueilli. Les gens ont besoin d'aide pour mettre en place la lithurgie, les messes, ils acceptent très bien mes conseils. Je n'y ai jamais rencontré personne qui se voue au culte des Icamiabas ou des *muiraquitãs*. Ces légendes ne font pas partie de leur culture, ils ne se la racontent pas entre eux. Ils ne savent que ce qu'ils ont entendu par d'autres qui viennent d'ailleurs, rien de plus. Même dans les événements folkloriques de la région, ils ne célèbrent pas les Icamiabas ou les *muiraquitãs*, mais seulement Jésus, ou sa mère. Ce sont de bons croyants.

Au-delà, en pays amérindien, c'est une autre affaire. Malheureusement, nous, les catholiques, nous y sommes arrivés trop tard et nous ne réussissons pas à nous implanter. Les missionnaires baptistes se sont installés avant nous. Je suis allé une fois chez les Heskarianas avec d'autres pères, mais notre tentative de messe n'a rien donné. Tous les Indiens sont partis avant la fin. Ils allaient à la messe baptiste ! Elle, elle était pleine ! Tout le village y assistait ! Les baptistes arrivent directement en petit avion depuis le Suriname. J'ai vu une des pistes d'atterrissage qu'ils ont construites... Nous n'avons aucune chance !

Avant les années 1950, il n'y avait pas de présence religieuse, même au niveau de Nhamundá, tout était encore sauvage, laissé dans l'ignorance. Il y avait bien une église du côté de Faro, sur la rive, mais pas à Nhamundá. Le premier prêtre de notre commune a été le padre Danilo. Il est encore vivant, il habite maintenant à Manaus, je vais le voir régulièrement.

Waner

Les gens d'ici s'embrouillent beaucoup autour de l'histoire des Icamiabas. Il y a trop de versions différentes, ce n'est pas pratique pour le *storytelling*. Je pense qu'il faut clarifier tout ça avec un objectif simple : maximiser les profits en standardisant le récit. À l'heure actuelle, on sous-exploite vraiment cette ressource. Je sais de quoi je parle : j'ai passé beaucoup de temps à étudier à la fois le marketing et les Icamiabas. Parce que je viens de Nhamundá, et que je veux tout faire pour que notre ville soit prospère. Je pense à notre peuple, à tous les emplois que nous pourrions créer, et à notre image de marque.

Au sujet des Icamiabas, j'ai une théorie tout à fait nouvelle et révolutionnaire ! En confrontant le récit de Gaspar de Carvajal, qui relate que l'expédition espagnole a rencontré les amazones à la confluence entre le fleuve Nhamundá et l'Amazone ; et le récit local, qui dit que les Icamiabas vivaient près du lac Miroir de la Lune, bien en amont du fleuve, je me suis demandé pourquoi elles étaient si loin de leur lieu de résidence quand elles ont croisé les conquistadors. J'ai même calculé très précisément la distance : 52 kilomètres. Ma théorie, c'est qu'elles étaient venues à la confluence pour récolter de l'argile introuvable au lac Miroir de la Lune, dont elles se servaient pour modeler des petits objets d'artisanat. La preuve, c'est qu'il y a de ces céramiques un peu partout dans le fleuve. Je me demande à qui elles les vendaient.

Le voyage aller et retour prenait deux mois aux Icamiabas. C'était long, parce qu'elles devaient régulièrement s'arrêter pour pêcher, chasser, fabriquer leurs objets et allaiter leurs filles. Aujourd'hui, ça mettrait bien moins de temps.

Quand j'ai compris ça, j'ai su que la clé pour développer notre région, ce serait de créer une croisière de standing qui retracerait le chemin que les Icamiabas parcouraient. On partirait de la confluence entre l'Amazone et le Nhamundá. D'abord, on s'arrêterait pour acheter des poteries et d'autres types classiques d'artisanat. Puis on ferait remonter les touristes jusqu'au lac Miroir de la Lune, qui serait le clou du spectacle. On embaucherait des jeunes filles de Nhamundá, qu'on habillerait avec de jolis maillots de bain et on les emmènerait au bord du lac Miroir de la Lune. On apporterait aussi un groupe électrogène et des enceintes et elles danseraient. Moi, j'arriverais avec les touristes et je leur dirais : « Regardez, voici les Icamiabas ! Prêtes à aller chercher les *muiraquitãs* au fond du lac pour les donner à leurs amants ! Vous pouvez leur demander de vous en offrir un ! » On construirait un *resort* juste à côté pour que les étrangers et les *Paulistas* qui le souhaitent restent sur place. Je rêve d'un grand hôtel avec une piscine bleu turquoise dont le fond de mosaïque représenterait une amazone nue en train de monter à cheval.

Je suis sûr que ça aurait beaucoup de succès. Et pour le développement économique de notre région, quel atout ! C'est si pauvre ici, il n'y a rien, même pas de route... Quelques mines de bauxite, quelques *fazendas*, mais sinon, c'est la forêt. Ce ne sont pas les arbres qui vont nous rendre riches, à part si on les coupe... C'est vraiment l'opportunité que nous ne devons pas laisser passer pour développer le potentiel touristique de Nhamundá.

Britinho

J'ai quarante-six ans, j'ai perdu la moitié de mes dents. J'ai eu seize enfants, dont un seul est mort. J'ai aussi une femme, quelques poules et une petite barque. Son moteur n'est pas très puissant, il me faut presque huit heures pour aller jusqu'à la ville de Nhamundá, là-bas, sur l'île.

Nous habitons au lieu-dit Miroir de la Lune. Je suis né ici. Je vis de la chasse : plusieurs fois par semaine, je pars à l'aube dans la forêt. Je remonte le fleuve à la rame pour ne pas faire de bruit et parce que l'essence coûte cher. Quand j'ai trouvé un bon endroit, je m'arrête et je reste une bonne partie de la journée tapi à observer les animaux. Quand j'ai tiré un agouti ou un petit singe, je rentre chez moi pour passer du temps avec ma famille. Mes enfants et ma femme pêchent aussi beaucoup grâce à de petits filets qu'ils installent devant notre maison. Les *tamuatás* et les *piranhas* se piègent dedans, c'est un vivier permanent. Lorsque je n'ai rien rapporté de la chasse, ils sortent quelques poissons et les font cuire. Nous avons aussi un peu de manioc.

Ici, il n'y a pas de lac. Ça, c'est certain. Ce qu'il y a, c'est une clairière, dans la forêt, un peu plus loin, où la terre n'est pas rouge. C'est comme si le limon du fleuve avait été apporté jusqu'ici. C'est peut-être ça qui était un lac. En tout cas, aujourd'hui, Dieu seul sait pourquoi, il a disparu. Mon père connaissait beaucoup de légendes du fleuve Nhamundá, dont il m'a raconté certaines.

Parfois, des gens venus d'ailleurs viennent me voir. J'ai l'habitude de converser avec des étrangers. Je sais qu'ils s'intéressent à moi plus qu'aux autres habitants du Miroir de la Lune, grâce à mon père et à ses histoires. Je raconte les danses des Icamiabas pendant la pleine Lune, les petites qui se nourrissaient à la mamelle du jaguar, les vieilles qui, lorsqu'elles ne pouvaient plus ramer, se déplaçaient sur le fleuve à dos de caïman. Je m'amuse beaucoup dans ces moments-là. Un jour, un compositeur de musique est venu ! Il a écrit une grande symphonie sur ma maison ! J'ai encore la lettre qu'il m'a écrite. « Merci *Seu* Britinho pour votre talent de conteur. Je me souviendrai toujours des poissons cuits au feu de bois par votre femme ! » En revanche, je n'ai jamais entendu sa musique.

Il y a aussi des gens qui m'ont enregistré pendant que je parlais, comme s'ils capturaient ma voix et mes histoires. Depuis, j'ai des trous de mémoire. Les histoires sont passées de ma tête à leur machine.

À cause de ça, j'aime moins parler des Icamiabas. J'ai peur de leur avoir trop manqué de respect en racontant des histoires fausses sur elles. Je commence à être vieux et je veux pouvoir recevoir les derniers sacrements le moment venu, sans mauvaise conscience. Pour moi, c'est à moitié une légende, à moitié la vérité, mais en tout cas, c'est du passé. C'est une tribu où les rôles étaient inversés. Les femmes allaient à la chasse et les hommes s'occupaient des enfants.

C'est parce qu'elles avaient capturé le pouvoir de fabriquer des arcs et des flèches, et comme c'est elles qui rapportaient la viande, elles se gardaient les meilleurs morceaux. Leurs muscles grossissaient et leurs maris ne pouvaient rien faire. Ils étaient condamnés à râper et à presser le manioc toute la journée, une activité que les hommes laissent d'habitude aux femmes parce que c'est la plus pénible d'entre toutes. Mon père disait qu'elles habitaient en haut de la colline pour pouvoir guetter en permanence les mouvements des autres tribus. Il y avait un chemin qui menait jusqu'à la clairière dont on dit que c'est un lac, mais qui n'en est pas un. Elles tremblaient de devoir un jour obéir aux hommes et passer leur temps accroupies à préparer le manioc alors qu'elles se tenaient droites et fières avec leur arc bandé.

Seuls les Indiens savent où sont les *muiraquitãs* et d'où ils viennent. Ils savent les repérer en forêt comme ils savent repérer leurs flèches. Moi, je pense que les pierres viennent d'une carrière qui n'est pas très loin d'ici.

Simita

Tout ça, c'était il y a des années. Maintenant, tout a disparu. Quand j'étais enfant, Nhamundá, sur l'île, n'était encore qu'à moitié construite et moi et mes parents, nous habitions à Faro, sur la rive gauche du fleuve. C'est la bourgade historique, fondée par les Portugais au XVIIe siècle. D'ailleurs, je crois qu'au Portugal aussi, il y a une ville qui s'appelle Faro, mais qui est plus grande que notre Faro do Pará.

Faro, aujourd'hui, c'est triste, à l'abandon. Mais à l'époque de mon enfance, il y avait encore beaucoup de boutiques, de l'activité. C'était joyeux.

Le grand jeu, c'était d'aller chercher des *muiraquitãs* avec les copains. Il y en avait plein.

Ils affleuraient dans les rues en terre battue, après les grosses pluies. Il suffisait de se baisser pour en ramasser. Lorsqu'on construisait une maison, qu'on creusait la terre pour faire les fondations, on en trouvait des dizaines. Le sol en était rempli, comme s'il les fabriquait pour notre plaisir. À l'époque, je n'avais pas conscience de la valeur de ces pierres. Ce n'était qu'un jeu, comme une chasse au trésor. Je n'ai rien gardé. Mais, depuis que je suis adulte, je n'en trouve plus.

Je me suis beaucoup demandé pourquoi, parce que ça me rend triste, mais la réponse est compliquée. D'abord, le stock était limité et peut-être que nous, les enfants, avons fini par tout ramasser. Et puis, certains se sont rendu compte que les *muiraquitãs* avaient une grande valeur et ont commencé à les vendre. Aussi, les rues sont goudronnées, maintenant, l'asphalte a chassé les *muiraquitãs*. Mais je suis sûre qu'il y en a encore. Il y a beaucoup de mystères autour de ces pierres.

Il y a quelques années, une photographe est venue me rendre visite. Elle voulait que je pose, que je rejoue des scènes de l'histoire des

Icamiabas, mais je n'en suis pas une. Elle était très gentille, elle n'a pas insisté. Elle m'a montré des photos qu'elle avait prises : il y en avait une très belle d'une jeune femme en apnée dans l'eau, avec un *muiraquitã* autour du cou. C'était un vrai, pas une reproduction, j'en suis sûre.

Je ne connais pas cette fille. Elle doit habiter en pays amérindien, en amont du fleuve Nhamundá, après le lac Miroir de la Lune. Mais j'aimerais vraiment savoir où elle a trouvé sa grenouille. J'étais persuadée que les Amérindiens n'en possédaient plus, alors je suis contente d'apprendre qu'il y en a encore quelques-unes dans la forêt. Peut-être que, plus haut, le long des berges des fleuves, on en trouve encore dans le sol.

Dona Zézé

J'ai soixante-seize ans et j'ai toujours vécu ici, à Faro, au bord du fleuve Nhamundá. Sur la grande rive, pas sur l'île minuscule qu'on voit en face. Je tiens l'épicerie, un des rares magasins du village. Je vends un peu de tout : des biscuits, des cahiers, des habits pour les enfants, quelques fruits et légumes et surtout de grands sacs de riz et de haricots rouges. Et de la farine de manioc pour saupoudrer par-dessus. Je ne quitte jamais Faro, même pas pour aller à Nhamundá. C'est sûr qu'il y a plus d'animation et de magasins là-bas, mais tout est trop neuf. C'est comme si le passé avait disparu, il n'y a pas de place pour moi. Les maisons ne sentent pas la terre mouillée par la pluie comme ici. Leurs murs et leurs salons sont en ciment.

Dans mon arrière-boutique, j'ai une vieille boîte en métal. Elle est un peu rouillée à cause de l'humidité et parce que je la cache sous des vieux vêtements. Dedans, il y a mon trésor. Un collier et un bracelet fabriqués avec des *muiraquitãs*.

Le premier que j'ai eu, j'étais jeune, vingt ans peut-être. C'est un cadeau d'un Indien du haut Nhamundá. En vrai, il voulait m'épouser, mais je lui avais dit que je ne me marierais avec lui que s'il m'offrait une belle perle. Heureusement, il est mort pas longtemps après. Je n'allais quand même pas faire ça ! Les autres *muiraquitãs*, je les ai trouvés dans la rue, il y a des années, avant que le goudron ne les fasse disparaître. Ils ont été enterrés par une tribu qui habitait là avant que le village existe. J'en ai aussi acheté à d'autres Indiens, qui en rapportaient quand ils venaient faire leurs courses. J'échangeais un peu de riz contre une perle, à l'époque, je pensais que c'était une bonne affaire.

Mais je n'ai pas de *muiraquitã* en forme de grenouille. Ils sont très rares. Plus personne n'en a. J'en possédais un autrefois, mais quelqu'un de ma famille, ma tante ou sa belle-sœur, je ne sais plus, l'a échangé à Belém contre des chaussures. Les seuls *muiraquitãs* qui me restent, ce sont ces perles rondes, rouges, vertes et bleues qui brillent d'un éclat vif, presque fluo. Pour moi, un *muiraquitã*, c'est ça, pas une grenouille. Peut-être qu'il n'y a jamais eu de grenouilles, je n'en sais rien. De toute façon, je préfère mes perles. Mais je n'ose plus porter ni le collier, ni le bracelet que j'ai fabriqué avec, il y a trop de voleurs, maintenant.

Les Icamiabas, je n'en ai pas beaucoup entendu parler. Ça ne m'intéresse pas. Elles viennent d'en face, de l'État d'Amazonas, pas d'ici. Chez les *paraenses*, on ne les connaît pas. Je crois que c'étaient des Indiennes vierges qui se baignaient dans une piscine naturelle en haut d'une colline avant de se marier, où il fallait absolument être vierge pour pouvoir se baigner. La piscine s'appelait le « Miroir de la Lune » parce que ses eaux étaient vraiment transparentes. Les Indiennes pouvaient se regarder dedans. Le problème de cette histoire, c'est qu'elle n'a jamais été écrite. Et comme on n'en parle pas entre nous, on oublie tout ça.

Roduval

Avant, j'étais jeune et fringuant, j'avais du succès, et même des responsabilités municipales à Faro. J'étais presque un notable. La plupart du temps, mes habits étaient repassés, mes cheveux bien coupés et le barbier me rasait de près. Je prenais soin de mon apparence. Dans la rue, les gens me saluaient en m'appelant Senhor Roduval. C'était si doux à entendre. On savait que j'écrivais et on me prenait au sérieux. J'étais le poète du village, celui qui, un jour, le ferait connaître au reste du monde.

On acceptait mes frasques, les choses un peu bizarres que je faisais comme partir des jours et des nuits dans la forêt, déclamer mes poèmes en pleine rue, chanter trop fort quand j'avais bu.

Tout était pardonné. Ma vie était pleine de mots, de folies et de frontières à redessiner. Quel bel homme j'étais ! J'ai même réussi à faire publier mon premier recueil de poésie. Je l'ai intitulé *La Lamentation de Faro : les pleurs que personne ne vit*. J'y parle des amazones, ces femmes maléfiques au sein coupé. Elles tranchaient la tête de leurs ennemis, scalpaient la peau de leur visage puis fabriquaient des têtes réduites, comme si les blancs n'étaient jamais arrivés, comme si les autres tribus n'avaient pas cessé depuis bien longtemps tous ces rituels barbares. Heureusement qu'elles n'existent plus, elles qui n'ont semé que le mal chez nous avec leurs fausses promesses d'amour. Je ne sais pas comment elles ont disparu, mais le lac Miroir de la Lune n'est aujourd'hui rien d'autre qu'une clairière blanche au milieu de la forêt. L'éclat de la Lune s'en est allé, les amazones ont disparu, il n'y a plus qu'un petit sentier que les étrangers admirent, et plus personne ne sait raconter cette histoire nue et crue.

Pendant ce temps, moi, j'ai presque été une légende parce qu'autour de chez moi, les *muiraquitãs* réapparaissaient comme par magie.

À l'époque, il y en avait déjà de moins en moins, mais mon jardin en était plein. J'en donnais aux enfants, qui m'adoraient, et leurs parents me respectaient.

La vérité, c'est que je les fabriquais moi-même ! Pour que l'histoire continue de vivre, et pour que moi aussi, je trouve un sens à tout ça. J'étais un faussaire de *muiraquitãs* et aujourd'hui encore, personne ne le sait. J'ai appris à les fabriquer tout seul, la nuit, en broyant des bouteilles usagées et en faisant fondre les paillettes de verre. Je ne fabriquais que des *muiraquitãs* ronds. Les gens d'ici ne le savent pas, mais ces *muiraquitãs* ronds, ce sont des perles de pacotilles ramenées d'Europe par les missionnaires. Les pauvres Indiens qui habitaient ici les vénéraient, ils se faisaient même enterrer avec !

Je n'ai jamais fabriqué de grenouilles. Ça, c'est autre chose, un secret de notre terre et un vrai artefact amérindien. La convoitise des hommes les a rendus de plus en plus rares, mais ils existent encore. Moi-même, j'en possédais autrefois et je les ai vendus contre de l'alcool. J'étais vraiment très saoul quand j'ai commis cette erreur, une de celles que je regrette le plus dans ma pauvre vie.

Maintenant, je suis fini. Personne n'a lu mes poèmes, je n'ai pas été réélu conseiller municipal et ma meilleure amie, celle qui reste auprès de moi et qui me veille, c'est la *cachaça*. Matin, midi, soir, la nuit, elle m'accompagne ; elle seule n'a jamais manqué à l'appel. Ma maison de terre battue tombe en ruine, la façade s'effrite, une partie du toit s'est effondrée. Il y a un arbre qui pousse à l'intérieur. J'y ai accroché mon hamac. Ma peau est devenue du parchemin et ma main droite ne me répond plus. Mes cheveux sont longs et sales. Parfois, je sais tout ça. J'essaie de finir un autre recueil, que j'appellerai *La Supplique pour la préservation de l'Amazonie*. D'autres fois, je sombre dans le déni. Il y a moins de déception comme ça. J'espère que je vais bientôt mourir.

Konrad

Sur le fleuve Nhamundá, on m'appelle le docteur. Ça me fait rire. J'ai couché avec des dizaines de femmes d'ici, pillé des richesses et permis de fonder la grande mine de bauxite de Porto Trombetas qui déverse ses déchets dans les rivières. Maintenant, je mène une retraite paisible en compagnie d'une femme de quarante ans ma cadette. Tout ça force le respect des gens, mais moi, en vieillissant, je ne sais plus bien ce que je pense de ma vie. Parfois, je me réveille la nuit et j'ai l'impression que la forêt me parle. Je me rendors vite pour ne pas entendre ce qu'elle me dit.

Je suis un citoyen hollandais, mais je suis né en Indonésie à l'époque où elle était encore dans le giron des Pays-Bas. Quand elle est devenue indépendante, j'ai dû aller dans ce pays que je ne connaissais pas et qui, paraît-il, était le mien. Je n'ai jamais pu en supporter ni le climat désastreux, ni la morale protestante. J'y suis resté juste le temps de valider mon diplôme de géologue : à la fin des années 1960, je suis parti au Suriname, un petit pays qui n'avait pas encore à l'époque de velléités indépendantistes.

De l'Amazonie des Pays-Bas, je suis assez rapidement passé à l'Amazonie brésilienne. J'ai été embauché par une entreprise minière qui m'a chargé de trouver des gisements de bauxite aux abords du fleuve Nhamundá. Pour moi, c'était l'image même du vrai travail d'aventurier. J'avais toujours rêvé d'explorer des terres vierges et de les dompter. Je ne sais pas d'où vient cet esprit conquérant chez l'homme, qui m'habitait moi aussi. Pourquoi ne pourrait-on pas simplement laisser les hommes, les animaux et les pierres à leur place ?

Je faisais équipe avec Gabriel. Il était géologue aussi, mais il venait d'Amazonie. Nous partions en exploration tous les deux pendant des semaines en pirogue, avec notre chauffeur-cuisinier. Nous remontions le Nhamundá et quelques autres fleuves autour, en particulier le Trombetas. Nous dormions sur les berges, dans nos hamacs. Pendant la saison sèche, je regardais les étoiles avec l'impression d'embrasser le monde. Manuelzinho, notre cuisinier, pêchait des *pirarucus* énormes qu'on faisait griller comme pour un festin. Pendant toutes ces années, je me suis senti libre comme jamais auparavant. Heureux, proche des arbres, de l'eau et des poissons.

Mais nous en voulions toujours plus. Nous essayions d'aller toujours plus haut à la recherche de bauxite. Plus on s'approche de la source des fleuves, plus la navigation est difficile. Mais rien n'y faisait : plus c'était loin, plus nous aimions. Après des années d'expéditions, nous connaissions presque tous les habitants du pays amérindien du haut Nhamundá.

Il y a quelques petits villages au-delà du Miroir de la Lune dont les habitants mènent encore une vie relativement paisible. Nous avons commencé à pratiquer de menus échanges, du troc, puis du commerce. Nous rapportions des denrées de Nhamundá et nous les proposions aux Amérindiens. Nous avons vite découvert qu'il y avait énormément de *muiraquitãs* dans les environs. Nous étions complètement fascinés par eux. Attention, je parle des artefacts sculptés par les Amérindiens, pas des perles de pacotille ! Je ne me lassais pas de découvrir de nouvelles amulettes ; j'étais habité par elles. Comment des pierres aussi dures ont-elles pu être sculptées si finement par des populations précolombiennes ? C'est un mystère que je ne m'explique toujours pas. Les Amérindiens ne se faisaient pas prier pour nous montrer leurs trésors. Dans les années 1970, ils en possédaient des centaines aux différentes nuances de vert et de noir, en forme de poissons, de batraciens et de fruits de palmiers.

La suite est fort simple. Rien n'a été plus facile pour nous que d'échanger les pierres contre quelques poignées de riz ou un T-shirt manufacturé. Les *muiraquitãs* ont lentement mais sûrement changé de propriétaires. À l'époque, bien sûr, on ne pensait pas à mal. Ces artefacts n'intéressaient pas grand-monde, surtout pas les Amérindiens que nous rencontrions.

Nous avons tout de même pris soin de ne pas trop nous vanter de nos possessions occultes. Nous les conservions à l'abri des regards et nous nous retrouvions parfois tous les deux pour les regarder ensemble.

Les *muiraquitãs* ont beaucoup de pouvoirs. Ils soignent la fièvre, les problèmes rénaux et les piqûres de serpent. Le simple fait d'en porter un autour du cou protège de nombreux malheurs. J'ai souvent le sentiment que, pour moi, tout a réussi grâce à eux. Et que, maintenant, mon état de santé se dégrade à cause de leur absence.

Quand les gouvernements des États du Pará et de l'Amazonas ont commencé à découvrir la valeur patrimoniale des pierres vertes, ils ont lancé des appels à donations auprès des particuliers. Gabriel avait des ambitions politiques. Je ne sais pas comment il a fait, mais il s'est débarrassé de tous nos *muiraquitãs*, puis il a été élu maire de Nhamundá. J'ai voulu récupérer une partie des pierres et il a nié leur existence. Il a nié cela, alors que je l'ai vu, le regard avide et brillant devant les artefacts ! Je ne lui ai plus jamais adressé la parole. Et, bien sûr, j'ai perdu mes *muiraquitãs*.

Les Icamiabas existent, c'est certain. Elles sont toujours en haut des fleuves. Mélangées aux autres tribus, acculturées, mais toujours là. Le problème, c'est qu'elles ont oublié elles-mêmes comment elles se nomment.

Isaura

Je n'ai jamais compris pourquoi tant de gens se passionnent pour les Icamiabas et les *muiraquitãs*. Ces histoires d'Indiens ne sont pas très intéressantes. On ne sait jamais s'ils disent la vérité ou s'ils racontent des mensonges, c'est fatigant à la longue. Moi, j'ai été obligée d'être mêlée à tout ça alors que j'avais vraiment mieux à faire. C'est à cause de mon mari. S'il était encore là, il aurait pu s'occuper de ses propres affaires mais, depuis sa mort, je suis obligée de faire le sale boulot. Il a voulu devenir le maire de Nhamundá, j'ai dû prendre sa suite et m'occuper de ses *muiraquitãs*. Ça m'a coûté. J'ai donné de l'argent à tous les gens qui étaient au courant, discrètement, comme si ce n'était pas très important, comme si je ne tremblais pas en leur donnant les billets, comme si, finalement, je leur rendais un service.

C'est après la grande époque des explorations avec le docteur hollandais que j'ai rencontré Gabriel. Sa mission sur le haut Nhamundá était terminée depuis longtemps et la mine de Porto Trombetas extrayait déjà de la bauxite à plein régime. Il ne me parlait pas de ce qu'il avait fait avant. Pour moi, il n'était qu'un politicien plein d'avenir, bel homme, séduisant. Et puis, il est mort. Il faut dire qu'il était bien plus âgé que moi. Des membres du gouvernement de l'Amazonas sont venus me voir. Ils m'ont dit qu'ils cherchaient des *muiraquitãs* pour les exposer dans des musées. Qu'il fallait que je relaie leur appel à dons sur ma commune. J'ai fait le lien avec toutes les pierres que Gabriel avait cachées dans notre chambre.

Un soir, je suis passée à l'action. J'ai placé toutes les grenouilles dans un sac en plastique et j'ai attendu que la nuit tombe. Vers trois heures du matin, quand j'ai été sûre que tout le monde dormait chez moi, je suis sortie dans le jardin et j'ai creusé avec une petite pelle. Je ne savais même pas que j'étais capable de faire ça. Quand le trou a été assez grand, j'ai déposé le sac en plastique dedans et j'ai tout rebouché. Ensuite, j'ai lissé la terre pour que personne ne remarque rien. J'ai reposé la pelle, je suis rentrée chez moi et je me suis lavé les mains. Et, le lendemain matin, j'ai dit à mes employés que je voulais faire des travaux chez moi. J'ai appelé des ouvriers qui ont cimenté ma cour. Depuis, je suis soulagée.

Je n'en ai gardé que trois en souvenir, dans une petite boîte en plastique. Un vert pâle, presque blanc, un tout petit, un peu abîmé, et un vert jade. En souvenir de Gabriel. Pour me souvenir qu'il avait une passion que je ne comprends pas. Il les trouvait magnifiques.

Luisa

Ce matin-là, comme tous les jours pendant la saison sèche, il faisait chaud et les oiseaux chantaient fort. Ils étaient nombreux dans mon jardin, des bleus, des jaunes, avec leurs mélodies entêtantes. J'ai quitté la maison familiale, à la lisière de la forêt, la tête pleine de leur musique et j'ai marché une petite demi-heure pour aller jusqu'au fleuve. Je connais le chemin par cœur : il est d'abord étroit et frais à l'ombre des grands arbres, puis de plus en plus ouvert et brûlant à mesure qu'on s'approche de Faro et, tout au bout, on trouve la délivrance finale des eaux noires du Nhamundá. J'aimerais bien avoir un scooter, mais ça ne sera pas pour tout de suite. Il faut d'abord que j'aille au lycée à Santarém.

Je suis arrivée au niveau du port. Quelques personnes assises dans une pirogue attendaient de partir pour Nhamundá. Un bateau est passé sur le fleuve et le bruit de son moteur puissant les a toutes fait se retourner. J'ai longé le quai jusqu'à la grande plage. Mes amies n'étaient pas encore là : il n'y avait qu'un vieux assis sur une chaise en plastique, qui est toujours là. Il m'appelle Luisinha, « petite Luisa ».

J'ai marché sur le sable jusqu'à l'endroit où la plage devient une crique abritée des regards. Il n'y avait personne ; je me suis déshabillée. Mon maillot de bain, c'est un deux-pièces noir avec quelques impressions dorées.

Je suis entrée dans l'eau. Ça m'a fait du bien après cette marche, elle était si fraîche. J'ai fait quelques brasses, puis j'ai mis la tête sous l'eau. Je suis restée quelque temps en apnée, le visage tout près de la surface, puis j'ai fait un peu de crawl. J'aime beaucoup nager. Je ne sais pas combien d'heures j'ai passé à me baigner sur cette plage à côté du port de Faro depuis que je suis toute petite... Je ne pourrais pas dire si elles se comptent en centaines ou en milliers. J'ai de la chance, ma mère est une très bonne nageuse, elle m'a appris. Il y a beaucoup de gens ici qui ne savent pas nager, ou alors très mal.

Après mon bain, encore toute mouillée, je me suis amusée à chercher de vieux tessons de poterie que les mouvements du fleuve ramènent à la surface. J'avais à peine commencé à sonder autour de moi quand j'ai trouvé un petit morceau brun clair orné de quelques trous. Il n'était pas mal, mais j'en avais déjà ramassé des dizaines du même genre. Je l'ai rendu au fleuve. J'ai commencé à creuser un peu plus profondément et mes doigts ont buté sur une pierre.

C'est impressionnant, la quantité de vestiges que l'eau peut charrier. J'avais commencé à y faire attention précisément à cette époque. Je commençais à posséder une belle collection de vieux fragments de céramique. Ils n'ont pas tous la même provenance : certains sont d'origine amérindienne, d'autres, peints en bleu et souvent ornés de motifs fleuris, ont fait le voyage depuis l'Europe avec des missionnaires portugais. Comme tous les habitants de Faro et de centaines d'autres villages amazoniens, je suis aussi le fruit de cette histoire qui fait que des fragments de poterie si différents se retrouvent mélangés au même endroit.

J'ai soulevé de petites masses de sable rougeâtre et mouillé que j'ai ensuite étalées sur le sable sec. Alors que je lissais les fins gravillons avec la paume de ma main, j'ai senti quelque chose de dur, puis j'ai vu apparaître une pierre verte sculptée en forme de grenouille. Un *muiraquitã*. Je l'ai pris entre mes doigts. La pierre était lisse et douce, vert foncé marbré de taches plus claires, 1,5 centimètre de long environ, percée d'un trou au niveau du cou du batracien. Je n'en croyais pas mes yeux. Bien sûr que j'avais déjà entendu parler des amulettes des Icamiabas et du fait qu'avant, il y en avait beaucoup à Faro. Mais tout le monde, surtout les vieux, répétait tout le temps que c'était fini, que les amulettes avaient quitté le village, chassées par l'asphalte, les enfants et les voleurs.

J'ai gardé le *muiraquitã*, que j'accroche souvent à mon cou. J'ai l'impression de sentir sa pulsation sur ma peau. Je n'ai jamais rencontré d'autres filles ou garçons de mon âge qui en portent. Personne, en fait. Mais quelque chose au fond de moi me dit que je ne suis pas la seule. Il faut aller en pays amérindien. Toutes les histoires n'ont pas pu être oubliées. Je ne suis pas une descendante d'Icamiabas, mais d'autres le sont certainement.

Je suis souvent retournée fouiller au bord du fleuve, mais je n'ai plus jamais retrouvé d'amulettes. Ça ne fait rien. Dans le sable des plages, je lis le métissage et cette histoire, c'est mon histoire.

Antonin

Je n'avais pas vraiment imaginé que je passerais tant de temps à faire ces recherches sur les amazones. Quand j'ai quitté la France pour partir au Brésil, je voulais parler de luttes de femmes, de luttes qui n'étaient pas les miennes mais pour lesquelles je serais un allié. Je me posais peu de questions sur ma légitimité, j'avais juste la conviction de devoir raconter. Une telle certitude rend aveugle sur sa propre position, mais il faut croire que j'ai tout de même eu de la chance.

En m'enfonçant dans la forêt à la recherche du lac des amazones, j'ai trouvé un chemin tracé par les témoignages. Je n'avais qu'à me laisser porter par les voix qui, pour avancer, laissaient au loin tinter en écho celles des anciennes matriarches. La puissance des souvenirs au milieu des grandes eaux de la forêt m'a saisi. Il ne s'agissait plus de trouver, mais d'écouter, puisque c'était devenu la même chose. Il n'y avait nulle part où creuser dans la terre, mais un réseau d'images qui, peut-être, pourraient encore plus.

Je les ai même vues une fois, les Icamiabas, peut-être parce que je le voulais tant. Alors que la piste de leur lieu d'origine semblait s'évanouir, pendant que j'étais pris d'une crise de dengue, dans un grand rêve halluciné, suant dans mon hamac accroché au pont d'un boutre amarré sur une côte parfaitement sauvage, elles sont apparues. Elles étaient grandes et musclées, assises, tout en armes. Elles n'ont pas prononcé un seul mot, et leur pirogue nous a frôlés en passant si silencieusement sur l'eau noire que j'ai distingué le frisson de leur passage parmi les tressaillements de la fièvre.

Au réveil, je me suis remémoré cette apparition. Alors, les certitudes ont commencé à se fissurer. Les amazones qui m'apparaissaient en rêve au milieu de leur monde n'étaient en définitive pas si différentes de celles des conquistadors. Je les portais en moi comme on porte sa propre histoire. Je les avais aussi amenées d'Asie mineure, et je m'efforçais de les insérer dans un monde qui n'était pas le leur. Je crois aux Icamiabas comme un blanc. J'ai écouté les gens d'ici, de Bélem et du grand fleuve, parler de l'évidence de leur existence passée. Je ne les prends pas pour des imbéciles, loin de là, et je les crois. Simplement, je les crois de la seule manière dont je puisse le faire. La croyance qui occupe mon esprit n'a pas la même histoire que celle des habitants d'ici. Il faut écouter longtemps leurs récits pour peut-être réussir à ne pas les écrire avec ses propres souvenirs.

Ramona

Ma peau est mate, mes cheveux noirs et raides sont coupés au bol et mes yeux sont bridés. Je pourrais très bien passer pour une Amérindienne d'Amazonie brésilienne mais, en réalité, je suis d'origine néerlandaise. Je suis la fille de Konrad, le docteur. Je suis arrivée dans la région de Nhamundá quand j'avais quatre ans. Mes frères et sœurs n'étaient pas encore nés. Ils sont arrivés l'un après l'autre et nous avons grandi ici.

J'ai beaucoup voyagé depuis, j'ai été barmaid en Thaïlande, croupière à Las Vegas, diplomate à Brasília. Mais, régulièrement, je suis revenue faire des séjours plus ou moins longs dans cette maison sur pilotis des bords du fleuve, construite par mon père. Elle est spartiate, elle ne comporte que deux pièces dont le parquet est branlant. Il y a l'électricité, mais pas l'eau courante, seulement une grande cuve sur la terrasse qui récupère les eaux de pluie. Autour, des vaches paissent tranquillement dans des champs gagnés sur la forêt.

Je me suis réinstallée ici l'an dernier dans l'idée de finir mon livre sur les Woryanas. Mais je ne peux plus rester : il faut que je gagne de l'argent. Ce n'est pas très grave, elles me tiennent déjà compagnie depuis bientôt quarante ans, je ne suis plus à quelques années près. Les Woryanas, c'est comme ça que j'appelle le peuple de femmes. Il y a tellement de noms pour parler d'elles. J'ai choisi celui-là, mais on peut aussi dire amazones, Icamiabas, Coniupuyaras, Woruisamocos. Charles Marie de la Condamine, au XVIIIe siècle, parle de Cougnantainsecouimas. Alexander von Humboldt, un autre savant des Lumières qui a visité la région un demi-siècle après lui, les nomme « Aikeam-Benanos ». Il les a comparées à des Noirs marron, ces esclaves qui s'étaient enfuis des plantations et réfugiés dans la grande forêt. Lasses de l'état de soumission dans lequel elles étaient tenues par les hommes, elles auraient formé un peuple et mené leurs vies, seules. Et Woryanas, j'ai compris que ça voulait simplement dire « peuple de femmes » dans la langue qui était parlée autrefois sur le fleuve Nhamundá.

Je n'ai jamais douté de leur existence. Depuis que je suis toute petite, j'ai toujours su qu'un peuple de femmes avait vécu sans hommes dans la forêt, pas très loin d'ici. C'est ma mère qui, la première, m'a parlé d'elles. Elle aussi, elle est passionnée. Elle collecte depuis des décennies des artefacts amérindiens et de nombreux témoignages sur elles. Elle me les a transmis. Konrad, mon père, aimait surtout les *muiraquitãs*, qu'il rapportait par dizaines de ses expéditions sur le haut Nhamundá. Je n'ai pas échappé au virus, à cette passion partagée. Tout ça, c'est une histoire de famille.

Évidemment, les Woryanas ne sont pas arrivées en Amazonie en chevauchant depuis la Grèce. C'est même cette idée rapportée d'Europe par les conquistadors qui a créé des confusions et empêché que l'existence des Woryanas soit prise au sérieux, malgré l'abondance des récits témoignant de leur présence dans la forêt équatoriale. On a confondu les amazones et les Woryanas, ce qui a conduit de nombreux explorateurs, au cours des siècles, à chercher ces femmes en vain. Par exemple, Jules Crevaux, un aventurier français, est allé dans la forêt de Guyane française au XIXe siècle avec son guide Noir marron Apatou. En 1878, ils remontent ensemble l'Oyapock. Ce fleuve est un terrain sensible puisqu'il marque l'une des frontières possibles mais contestées entre la France et le Brésil. Ils finissent à pied dans le cours d'eau étroit, presque à sec. Apatou tire leur embarcation et Jules traîne des pieds dans les cailloux. Ils franchissent des collines de plus en plus élevées et atteignent la ligne de partage des eaux : d'un côté s'étend le bassin amazonien, de l'autre, le plateau des Guyanes. Ils espèrent poursuivre leur route vers le sud-est et descendre le fleuve Parou en pirogue pour rejoindre l'Amazone. Là, ils tombent sur un village uniquement peuplé de femmes. Jules Crevaux commence par se dire qu'il a trouvé les amazones, puis se ravise lorsqu'il constate que ces femmes n'ont pas pour coutume de se couper un sein afin de tirer à l'arc. Même au XIXe siècle, un homme lettré, médecin, officier de la marine et explorateur pour le compte du gouvernement français pouvait donc encore penser, sans se départir de son esprit prétendument rationnel, que s'il rencontrait des amazones en Amazonie, elles auraient nécessairement le sein coupé comme leurs homologues des mythes grecs.

Apatou et Crevaux rencontrent peu à peu toutes les habitantes du village : le guide reconnaît l'une d'entre elles, qu'il a déjà croisée quelque part sur le fleuve Maroni, à plusieurs centaines de kilomètres. Que fait-elle si loin de son domicile ? Serait-elle une exploratrice, ou la guide d'une exploratrice ? Évidemment que non. Apatou réfléchit et, brusquement, se souvient. Cette fille de mauvaise vie a été chassée par son mari parce qu'elle parlait trop. L'explication est logique et sans appel : Jules Crevaux est soulagé. De cette remarque d'Apatou, il peut sans sourciller tirer une généralité rassurante : « Les amazones légendaires ne sont que des femmes répudiées. » De curieux et suspicieux, l'explorateur devient condescendant. Il prend le village en pitié. Il n'y a ici aucune nourriture digne de ce nom, et la vie des habitantes lui paraît d'une tristesse sans nom. Il écrit : «Je déroge à l'habitude indienne de ne pas faire de cadeau en offrant un couteau et quelques aiguilles à ces pauvres créatures et, au lever du soleil, je m'empresse de quitter ce séjour qui n'est pas enchanteur. J'ai perdu mes dernières illusions sur la légende des belles amazones.»

La Guyane française se situe très loin du Nhamundá : le territoire des Woryanas était loin de se limiter à ce seul fleuve. Au XVIe siècle, au début de la colonisation européenne en Amazonie, l'empire des Woryanas avait même imposé son hégémonie à tous les peuples vivant sur le versant nord du fleuve Amazone, qu'évidemment les Amérindiens n'appelaient pas comme ça, contrairement à ce que je suis bien obligée de faire – toujours ces problèmes de désignation, de toponymie ! Les Woryanas vivaient entre femmes dans de petits villages disséminés entre le plateau des Guyanes et le bassin du grand fleuve. Dans la forêt, elles cohabitaient avec une multitude d'autres peuples qui étaient leurs vassaux. Si on les a oubliées aujourd'hui, c'est parce que l'histoire de la région avant la Conquête a été en grande partie engloutie.

Nous, les descendants des conquistadors, avons du mal à nous défaire de l'idée que l'Amazonie était un no man's land avant notre arrivée. Or, rien n'est plus faux ! Jusqu'au XVe siècle, la région était très peuplée, la terre cultivée. Au fin fond de la forêt, en remontant très haut les fleuves, on trouve encore des traces d'un usage des sols. L'agriculture existait partout. Les Amérindiens fertilisaient la terre grâce à un engrais qu'ils avaient créé et appelé *terra preta*, « terre noire ».

Qui dit présence humaine dit pouvoir. C'était en effet un pouvoir féminin, mais s'il avait été masculin, il n'en aurait peut-être pas moins été oublié. D'après ce que j'ai réussi à reconstituer, la structure sociale des Woryanas était très hiérarchisée. En haut de l'échelle, il y avait les *Moacaras*, les guerrières. J'ai compris récemment que ce nom signifie « la personne qui a le droit de casser la tête d'une autre ». C'est sans doute contre des *Moacaras* que Francisco de Orellana et sa troupe se sont battus en 1542. Elles étaient chargées de maintenir la paix et de régler les conflits. La présence des Espagnols n'étant pas passée inaperçue ni sans conséquence sur les équilibres locaux, elles ont pris la décision de les chasser.

Mais le peuple des femmes ne se limitait pas aux *Moacaras*. Il y avait également la vaste troupe des femmes du peuple, qui ne possédait pas d'attributs spéciaux. Et puis les *grande senhoras*, les grandes dames. Elles détenaient à la fois les pouvoirs politiques et religieux. Leurs rituels étaient centrés sur l'usage des *muiraquitãs*. La présence massive de ces pierres dans tout le bassin amazonien montre l'étendue de leur influence. Au XVIIIe siècle, déjà, Alexander von Humboldt étudie les différents minerais dans lesquels elles ont été sculptées : le jade, mais aussi le feldspath et la néphrite. Selon les croyances locales, elles possèderaient des pouvoirs thérapeutiques qui en font des objets très recherchés. Il s'interroge sur leur origine : à sa connaissance, on ne trouve pas de gisements de ces roches dans les régions qu'il a explorées ; et il n'arrive pas à déterminer d'où elles pourraient venir. Moi, je pense qu'elles venaient des Antilles. Là-bas aussi, on trouve quelques *muiraquitãs*. Un réseau d'échange de pierres a irrigué la Caraïbe et le bassin amazonien.

L'autorité des *Moacaras* et des *grande senhoras* a commencé à être remise en cause à l'arrivée des premiers conquistadors. Alors que des maladies se sont propagées largement, décimant les populations, les Woryanas se sont révélées incapables d'endiguer ces menaces nouvelles qui s'abattaient sur toute la forêt comme une malédiction. Le pouvoir des *muiraquitãs* a été contesté. Une grande révolte a éclaté et la suprématie des Woryanas a été remise en cause.

Cela fait des années que j'étudie le culte de Jurupari, une religion exclusivement masculine dont les différents rituels ont été représentés sous forme de gravures sur de nombreuses roches du nord de l'Amazone. J'en ai d'abord entendu parler en lisant les écrits d'Henri Coudreau, explorateur français zélé et sûr de son bon droit qui imaginait que toute la forêt pouvait devenir française. À la fin du XIXe siècle, il a visité le Brésil et est remonté jusqu'à la frontière actuelle de ce pays avec la Colombie, le fleuve Vaupés. Il s'est alors passé quelque chose d'étrange : les Amérindiens qu'il a croisés étaient tous différents les uns des autres. Certains avaient la peau claire, d'autres la peau plus foncée. Quelques-uns étaient grands et fins tandis que leurs compagnons étaient trapus. Même leurs parures étaient variées, et ils parlaient des idiomes sans racines communes. Leur seule unité résidait dans la religion : ce fameux culte de Jurupari.

Les rituels de cette dernière racontent la transformation du monde et le passage d'un espace matriarcal à un ordre patriarcal. Les femmes sont exclues d'office des célébrations organisées par les hommes : Coudreau y voit la préparation d'une vengeance contre elles. Les objets sacrés du culte sont d'une part le *macacaraua*, une cuirasse guerrière, et d'autre part les *paxiubas*, des instruments de musique martiaux. Les femmes qui voient ces reliques sont immédiatement mises à mort.

La diversité des types physiques rencontrés sur le rio Vaupés provient selon Coudreau d'un exode ancien et d'une réunion impromptue de différents peuples dans cette région. Ces fuites et ce métissage auraient eu lieu au moment de l'arrivée des premiers conquistadors. Le peuple des femmes, à l'instar de nombreuses autres tribus, se serait réfugié dans ces zones reculées. Les rapports de force se seraient alors recomposés, ce qui se manifesterait dans la religion de

Jurupari. Aujourd'hui, les pierres évoquant ce culte ont été rendues à la végétation. Cela fait bien longtemps que plus personne ne le pratique. Plus aucune population ne connaît le pouvoir des *muiraquitãs*.

Et pourtant, le peuple des femmes a continué à exister… Je ne le croyais plus, mais maintenant, je le sais. J'ai des voisins, pas très loin d'ici, à qui j'ai souvent parlé de mes recherches autour des femmes sans mari. Cela leur disait vaguement quelque chose. Ils ont fini par me répondre que je devrais me rendre dans leur village d'origine, Gavião, pour rencontrer leur grand-mère. C'est à plusieurs journées de pirogue d'ici, au-delà de la cascade qui marque l'entrée en pays amérindien. Ils n'en étaient pas vraiment sûrs, mais ils pensaient qu'elle avait passé son enfance avec des femmes.

J'ai décidé d'aller voir de quoi il retournait, et je n'ai pas été déçue. J'ai passé un mois à Gavião. C'est petit, là-bas, il doit y avoir une centaine d'habitants. Ils sont sédentaires maintenant. Ils vivent dans des *carbets* aux toits de feuilles de palmes, très simples, dans lesquels ils accrochent leurs hamacs. Ce sont des survivants de différents peuples amérindiens qui se sont réunis et métissés ensemble afin de ne pas disparaître. Ils ont maintenant donné un nom à leur alliance : ils s'appellent entre eux les Heskarianas, ce qui veut dire, je crois, « les mélangés ». Ils sont ce qu'on désigne comme des Amérindiens « contactés », c'est-à-dire qu'ils acceptent de communiquer avec le monde extérieur. Ils ont abandonné la plupart de leurs anciennes croyances et pratiques, mais c'est très récent : ils ont dû être évangélisés il y a entre trente et cinquante ans. L'acculturation a été extrêmement rapide, ils préfèrent déjà chanter des psaumes chrétiens traduits dans leur langue que des chants plus « traditionnels ».

C'était dur, car très peu de gens parlent le portugais. La plupart utilisent un mélange d'idiomes autochtones. J'ai dû demander aux lusophones sur place, des missionnaires évangéliques et quelques Amérindiens qui ont vécu ailleurs, de bien vouloir faire les interprètes pour moi. Mais ce n'était pas évident. Je ne saurai jamais s'ils ont bien traduit ce qu'on m'a dit. Il arrivait que des gens parlent plusieurs minutes d'affilée et qu'on me dise qu'ils n'avaient rien dit de plus que « oui » ou « non ». C'était un peu agaçant, mais je ne pouvais rien y faire.

Et ce n'était pas grave. Rien n'était grave car j'ai rencontré Nafioua, la grand-mère de mes voisins. C'est une dame d'environ soixante-dix ans. Elle a des cheveux noirs ramenés en arrière, une peau mate et lisse et, ce jour-là, elle portait un T-shirt violet floqué d'une étoile, en-dessous de laquelle était inscrit « Superstar » en lettres dorées. C'est aussi la dernière représentante du peuple des femmes.

Cette rencontre avec Nafioua, c'est un des moments les plus importants de ma vie. Cette femme m'a confié ce qui me manquait pour conclure l'enquête que j'ai menée pendant dix ans par intermittence. Elle m'a appris qu'il y a à peine cinquante ou soixante ans, des femmes vivaient encore seules dans la forêt. Elles avaient certes perdu la plupart des attributs, des coutumes et des connaissances de l'antique peuple des Woryanas, mais elles étaient encore bel et bien vivantes.

Nafioua

Quand j'étais petite, je vivais dans la forêt avec ma mère, mes tantes et d'autres femmes et petites filles. Nous étions nomades. Nous mangions des fruits, chassions, pêchions. C'était tranquille. Nous ne croisions que rarement d'autres humains. Un jour, j'étais encore toute jeune, des blancs sont venus. Je n'en avais jamais vu avant. Ils parlaient notre langue. Ils ont dit à nos mères que nous ne devrions pas rester comme ça dans la forêt, toutes seules. Qu'on pourrait venir avec eux. Qu'on mangerait bien et copieusement.

Nous les avons suivis. Nous sommes arrivées dans un village, pas très loin de Gavião, où j'habite maintenant. Les maisons ne bougeaient pas.

Nous restions toujours au même endroit. Les animaux l'avaient bien compris, ils nous ont quittés. Ma mère et mes sœurs ont été mariées. Moi aussi, quand j'ai été un peu plus âgée. J'ai eu quatre enfants, deux filles et deux garçons. Une de mes filles et ses enfants habitent près de moi à Gavião, les autres sont partis à Nhamundá. J'ai deux petits-fils qui habitent à Manaus, aussi.

L'une de mes petites-filles qui habite ici est très belle. Je lui ai donné un *muiraquitã* que j'avais gardé de ma mère. Un jour, elle est allée à Nhamundá pour faire des courses. Elle m'a raconté qu'une photographe venue de Belém l'avait prise en photo, sous l'eau avec le *muiraquitã*. Mais nous n'avons jamais vu cette photo.

Jaci

Je garderai le *muiraquitã* de Nafioua, ma grand-mère. Il frémira sur ma poitrine jusqu'à ce que je le donne à ma fille, si j'en ai une, qui elle-même le donnera à sa fille, si elle en a une. Je resterai vivre au-delà de la cascade qui marque l'entrée en pays amérindien. Tant que la forêt sera là, je veux rester auprès d'elle. Nous avons été pourchassées si souvent que je veux encore pouvoir apprécier de vivre ici. Qui sait si un jour, nous ne devrons pas repartir.

Je suis déjà allée souvent à Nhamundá. Quand j'y vais, je loge dans la maison des Indiens, tout au bout de l'île. On peut y accrocher son hamac et parler avec des gens d'autres villages du fleuve qui sont aussi en visite. Avec les habitants de

Nhamundá, je ne peux pas : ils ne comprennent pas ma langue, ni moi la leur. C'est bien de venir un peu, mais je ne reste jamais trop longtemps : les sons de la forêt me manquent et la mélancolie me gagne.

Nous venons de la tribu des femmes sans mari. Elle n'existe plus, mais j'en transmettrai le souvenir, celui des femmes qui s'entraident. Nous sommes des sœurs, des mères et des filles. Nous sommes des amies, nous nous écoutons, nous cultivons le manioc et nous respirons l'air de la forêt. Nous nous réunissons pour chanter. Si votre ouïe est assez affûtée, vous pourrez nous entendre.

Glossaire

Açai : fruit d'un palmier amazonien, il se présente sous la forme d'une petite baie de couleur violette. Il est très apprécié mixé et se déguste sucré ou salé. Ses vertus énergétiques sont vantées par les Amazoniens.

Batucada : musique de percussions traditionnelles brésiliennes.

Belemense : habitant de Belém.

Boto : dauphin d'eau douce présent dans l'Amazone et ses affluents.

Cabanagem : révolte sociale et populaire qui s'est déroulée dans l'ancienne province du Grão Pará de 1835 à 1840.

Cabano : partisan de la Cabanagem.

Caboclo : métis de blanc et d'Amérindien. La population *caboclo* est actuellement très importante en Amazonie.

Cachaça : alcool brésilien à base de canne à sucre.

Carbet : abri de bois sans mur en dur, typique des cultures amérindiennes.

Fazenda : grand domaine agricole.

Grande senhoras : littéralement « grandes dames ». D'après Ramona, elles détenaient les pouvoirs politiques et religieux chez les Woryanas.

Heskarianas : tribu améridienne vivant sur le haut Nhamundà, dont le nom signifie « mélangés ».

Hidalgo : membre de la petite noblesse espagnole.

Interior : il existe de nombreuses définitions de l'*interior* au Brésil : s'il correspond officiellement à toutes les communes situées en dehors des grandes aires métropolitaines brésiliennes, il peut aussi désigner tout ce qui n'est pas le littoral. Le terme fut utilisé au moment de la construction de Brasília, considérée comme une tentative d'« intérioriser » ce pays très tourné vers les côtes.

Macacaraua : cuirasse guerrière du culte de Jurupari.

Miscigenação : terme brésilien évoquant le métissage des différents peuples et cultures et leur union.

Moacara : terme issu d'une langue améridienne signifiant commandant, chef, avec une connotation guerrière.

Muiraquitã : artefact améridien en pierre taillée (jade, actinolite, néphrite...) qu'on trouve principalement en Amazonie et dans la Caraïbe, qui représente la plupart du temps une grenouille stylisée ou d'autres petits animaux, comme un poisson, mais peut aussi prendre une forme géométrique non figurative. Tous sont percés d'un trou, ce qui laisse penser qu'ils ont pu faire office de pendentifs. Il en existe en Amazonie de nombreuses reproductions contemporaines, parfois vendus très bon marché. Ils sont réputés porter bonheur.

Paraense : habitant de l'État du Pará, dans la région Nord du Brésil dont la capitale est Belém do Pará.

Paulista : habitant de São Paulo.

Paxiuba : une espèce de palmier brésilien à partir desquelles sont fabriqués des instruments de musique martiaux dans le culte de Jurupari.

Piranha : ce mot désigne plusieurs espèces de poissons vivant dans les rivières d'Amérique du Sud.

Pirarucu : le plus grand poisson d'eau douce d'Amérique du Sud. Il peut peser jusqu'à 300 kilos et mesurer 4,5 mètres. Sa chair est très appréciée. Dans une langue amérindienne, son nom signifie « poisson » (pira) « rouge » (rucu).

Real, reais : monnaie du Brésil.

Sertão : zone du Nordeste du Brésil au climat semi-aride.

Seu : diminutif de *senhor*, « monsieur ».

Tamuatá : poisson à écailles ossifiées rappelant par sa physionomie certains poissons préhistoriques.

Terra preta : « terre noire » en portugais. Il s'agit d'un type de sol particulièrement fertile fabriqué par les Amérindiens, contenant une grande quantité de charbon de bois et de tessons de poterie. Il peut aller jusqu'à deux mètres de profondeur. Il est si réputé au Brésil qu'il est récolté et vendu sous la forme d'un terreau.

Remerciements

À Antonin Lambert qui était à mes côtés lors de mon premier voyage sur le fleuve Nhamundá et qui a écrit le texte portant son prénom.

À tous les habitants de Belém, Nhamundá, Faro et Terra Santa qui m'ont livré leurs si belles et passionnantes histoires. Une pensée particulière pour Elza Lima et Ramon Gerrits.

À l'équipe d'Arte radio et en particulier à Silvain Gire d'avoir accepté un projet de documentaire sonore un peu fou sur les femmes guerrières d'Amazonie.

À Michel Lequenne, redécouvreur et traducteur avec Soledad Estorach dans les années 1960 des textes de Francisco de Orellana et de Christophe Colomb, décédé en février 2020 à l'âge de 99 ans.

À Sabine Zovighian, Pierre-Antoine Picand, Naïké Desquesnes, Simon Pochet et Lucas Ferrer pour leurs relectures.

À Marie Hermann d'avoir trouvé la forme juste pour raconter cette histoire.

À Arthur Alt de m'avoir encouragée pendant toute l'écriture.

Bibliographie indicative

Zéno Bianu, Luis Mizón, *El Dorado, poèmes et chants des Indiens précolombiens*, Seuil, Paris, 1999

Gaspar de Carvajal, *Amazonie, ventre de l'Amérique* (traduit par Laure Técher, introduction et notes de Michel Lequenne), Jérôme Millon, 1994 [rédigé vers 1543 avec pour titre *Relation de la première descente de l'Amazone*]

Taylor Collyer, *Coleção de Muiraquitãs do governo do Pará – considerações genéticas, científicas e culturais*, Governo do Pará, 2013

Christophe Colomb, *La Découverte de l'Amérique* en deux tomes – *Journal de bord (1492-1493) et Relations de voyages (1493-1504)*, La Découverte, 1979

Charles Marie de la Condamine, *Voyage sur l'Amazone*, La Découverte, 2004 [écrit en 1745]

Henri Coudreau, *La France équinoxiale*, Challamel aîné, 1886-87

Henri Coudreau, *Voyage au Yamunda, 21 janvier 1899-27 juin 1899*, Lahure, 1899

Jules Crevaux, *De Cayenne aux Andes, le Tour du monde*, 1878-79

Ernesto Cruz, *História do Pará*, UFPA, 1973

Thomas Gomez, *L'Invention de l'Amérique. Mythes et réalités de la conquête*, Flammarion, 2014

Alexandre Von Humboldt, *Voyage aux régions équinoxiales du nouveau continent fait en 1799, 1800, 1801, 1802, 1803 et 1804 par Al. De Humboldt et A. Bonpland*, Librairie grecque-latine-allemande N. Maze Smith Gide, 1816-31

Michel Lequenne, *Christophe Colomb, amiral de la mer Océane*, Gallimard, 2005

Michel Lequenne, *Christophe Colomb contre ses mythes*, Jérôme Millon, 2002

Elza Lima, *O Lago da Lua ou Yaci Uaruá – As Amazonas do rio mar*, 2012

John de Mandeville, *Voyage autour de la Terre*, Les Belles Lettres, 1993 [écrit vers 1356]

Charles Mann, *1491 : Nouvelles révélations sur les Amériques avant Christophe Colomb*, (traduit par Marina Boraso), Albin Michel, 2007

Jean de la Mousse, *Les Indiens de la Sinnamary. Journal du père Jean de la Mousse en Guyane (1684-1691)*, Chandeigne, 2006

Walter Raleigh, *Eldorado, Utz-Unesco*, 1993 [écrit vers 1600]

Garci Rodríguez de Montalvo, *Les Exploits d'Esplandian*, 1510

Roduval de Souza Machado, *Lamento de Faro – O choro que ninguém viu*, Bandeira Associados, 2010

André Thevet, *Les Singularités de la France antarctique*, Chandeigne, Paris, 2011 [écrit en 1557]

Tzvetan Todorov, *La Conquête de l'Amérique. La question de l'autre*, Seuil, 1982

Film

Joaquim Pedro de Andrade, *Macunaíma*, 1970

La Dernière Amazone est aussi un documentaire sonore produit par Arte radio : www.arteradio.com/son/61658901/la_derniere_amazone

Achevé d'imprimer en novembre 2020 sur les presses
de La Sepec Numérique
Pour le compte des éditions Hors d'atteinte
19, rue du Musée, 13001 Marseille

Diffusion et distribution en France, en Belgique,
en Suisse et au Québec :
Harmonia Mundi Livre
Mas de Vert – CS 20150
13631 Arles Cedex
Tél. +33 (0)4 90 49 58 05
adv-livre@hmlivre.com

Dépôt légal janvier 2021
Imprimé en France
Certifié PEFC

IMPRIM'VERT®

Certifié PEFC
Ce produit est issu de
forêts gérées durablement
et de sources contrôlées
PEFC™
10-31-3532
www.pefc-france.org